長編超《スーパー》伝奇小説
魔界都市ヴィジトゥール

菊地《きくち》秀行《ひでゆき》

幻工師《げんこうし》ギリス

NON NOVEL

祥伝社

目次

カバー＆本文イラスト／末弥　純
装幀／かとうみつひこ

第一章　不幸な巡り会い

1

正直その日は、午後二時すぎに起きたときからヤな感じがした。

丸一日〈西早稲田《にしわせだ》〉のアパートで寝ていたかった。

しかし、晩春の空は阿呆《あほ》みたいに晴れ渡り、身体は軽く、滑舌《かつぜつ》も申し分なかった。

で、おれは近所のマクドでダブル・チーズバーガーとフライド・ポテトとコーラのMサイズをやっつけ、午後四時、〈区バス〉で〈高田馬場《たかだのばば》駅〉の喫茶店「アメリカン・アーミイ」で、〝鴨《かも》〟と会った。

三六歳のOLだ。名前は田村《たむら》か村田《むらた》瑠美《るみ》。鴨がネギ背負《しょ》ってやってくるというが、瑠美のネギは一四年間コツコツと貯めた貯金だった。八〇〇万ばかりある。

会って一〇分。倍にして返すと頭を下げるおれに、何とか瑠美は、いいのよとか、あなたのためだもンとか言ったようだが、店を出るときは忘れていた。

それから〈駅〉近くのラブホで、〝営業〟を行《おこな》った。瑠美は一〇回以上イき、おれは本当に逝《い》くんじゃないかと怖くなった。

ホテルの外で別れた後、おれは別のバスで〈歌舞《かぶ》伎町《きちょう》〉へ向かった。

次の〝鴨〟は、ストリップ・バーの経営者・美智《みち》だった。姓はいいだろ。バツ二《に》で五〇歳になってもまともな結婚ができると思いこんでる世知に長《た》けた常識知らずは、おれの新事業のために五〇〇万円を融資してくれた。領収証を出すと、にっこり笑って、莫迦《ばか》ね、いいのよと受け取らなかった。何も書いてないから受け取られても困るが。

幸い、美智は用があるとかで、〝営業〟はしなくて済んだ。

喫茶店「サハラ」を出たときは、午後六時ジャスト。〝鴨〟のひとり奈江《なえ》の店がはじまるまで二時間ある。

懐《ふところ》はあたたかいし、夜はこれからだ。後は遊んで帰るか、別の〝鴨〟を探してもいいが——

不安だ。

で、おれは一三〇〇万ばかり入ったアタッシェ・ケースを、〈旧区役所通り〉にあるコイン・ロッカーへ預け、〈職安通り〉の方へと上がって、〈新宿バッティング・センター〉近くの飲み屋へ入った。こういう気分のときは一杯飲《や》るに限る——じゃなくて、部屋にこもるのがいちばんだ。それなのに、おれはその店へ入っちまった。

で、ガラス戸を開いた途端、男が飛んできた。

間一髪《かんいっぱつ》右へ動いて躱《かわ》したが、そいつは戸口のすぐ向こうの路上で大の字になった。ひどく痩《や》せた、そのせいで手足が異常に長く見える男だった。二五歳のおれより少し上くらいだが、どこか胡散《うさん》臭そうな顔をしている。

頭でも打ったか、白眼を剝《む》いている男を眺めているうちに、店の奥からもうひとり、これは相撲《すもう》取りかプロレスラーみたいなのがやってきて、

「このヤロー、面倒臭えからポリは呼ばねえが、勘《かん》定《じょう》分ぶちのめしてくれる」

どうやら店長らしい。肘までめくり上げた前腕は、熊みたいに毛むくじゃらだ。いや、みたいじゃなく、見る見る真っ黒になると、指先からも黒い爪《つめ》が一〇センチものびた。

——熊憑《つ》きか——この店長
のっしのっしと歩き方まで熊のようだった。倒れた若いのの胸ぐらを摑《つか》んで引き起こし、いきなり左頰に右手を叩きつけた。嫌な音がして頰の肉が飛んだ。

飛んだのはいいが、おれの顔にぺたりと貼りつきやがった。

「ひぇえ」

夢中で生あたたかい肉片を叩《たた》き落とし、おれは二

撃目を加えようとする熊男の腕にすがりついた。

「やめろ」

「何しやがる？」

「それ以上やると死ぬぞ」

「食い逃げ分にはまだだ」

「死んだら、この店は営業停止になるぞ——いいのか⁉」

熊が力を抜いた。

両腕の剛毛が奇蹟《きせき》のように消失し、人間並みになった腕からは爪も消えていた。

「運のいい野郎だ」

店長はそう吐き捨てて、おれの眼の前に、おい、と左手の平を突き出した。

「何だ、こりゃ？」

「決まってる。こいつの勘定の残りだ。三万円にまけといてやるよ」

「なにィ？　頰の肉一枚の残りが三万だ？　何飲んだんだ、こいつは？」

「ロイヤル・サルートを五本空《あ》けた」

「五本？」

さして驚いたわけじゃない。〈新宿〉の酔っ払いは〈区外〉とは桁《けた》外れなのが多い。アルコール分解酵素を特注に変え、肝臓に手を加えれば、丸一年二四時間レモン・ハートを飲みつづけても平気の平左だ。そんな奴らがうろうろして、隙《すき》あらば只《ただ》酒にありつこうと鵜《う》の目鷹の目なのが〈歌舞伎町〉なのである。当然、飲み屋のほうでも用心して、おかしな奴は入れないし、勘定を払わないとなれば、警察へ届けるなんて良心的な真似《まね》はしない。その場でぶちのめし、身ぐるみ剝《は》いで追い出すか、ひどい店なら〝身体で稼げ〟方式——つまり、肉屋や病院、魔法使いのもとへ送られてしまう。無邪気な観光客が溢《あふ》れ返る〈新宿〉とはそういう街なのだ。そして、おれはこの街の住人だ。

それなのに、

「わかった。おれが払ってやるよ」

なぜ、こんな莫迦なことを。

ああ。

途端に店主はお多福《たふく》みたいな笑顔になった。

「毎度あり。どうぞお入んなさい」

今日の〝営業〟の成果を考えれば、大した散財じゃなかった。

しかし、人生、金じゃない場合もある。

叩き出された男のことはそれきり忘れて、おれは店長直々《じきじき》の案内の下、奥の座敷へ上がった。

生ビールの大ジョッキと肴《さかな》を注文し、お手拭きを使いはじめたとき、背中に不吉な気配を感じた。誰かが見つめている。

「何の用だ?」

とおれは訊《き》いた。

「礼を言う」

餓鬼《がき》みたいに痩せてやがったが、声は死霊《しりょう》そのものだ。

「いらねえ、帰れ」

「そんなこと言わないでくれ。ありがとう」

肩に手が置かれた。情感がこもっている。おれは総毛立った。

眼を閉じたのがまずかったかもしれない。

開いたら、痩せこけた死霊は眼の前にいた。胡座《あぐら》をかいているのが笑わせる。箸《はし》を手にしているのは、もっと笑わせた。

「そんなものどうしたんだ?」

おれはぼんやりと訊いた。

「仲居が持っていたのを貰《もら》った」

「何を食うつもりだ?」

「じきにわかる」

「おい」

「黙って待て」

「肴じゃねえ。おまえの顔だ。頬《ほ》っぺたが戻ってる。どういう仕掛けだ?」

〈新宿〉では珍しい現象じゃあない。なのに、こいつがやらかすと、何となく座りが悪い。

「知りたいか?」

「ああ」

「これだ」

奴は右手をよれよれの上衣のポケットに入れ、中身を眼の前でぶら下げて見せた。

「お待ちどうさま」

茶髪のねーちゃんが肴を運んできた。

「ほら」

おれは眼の前の皿の上にぺたんと置かれた頬肉を見つめた。下は刺身だ。もう食えん。

「大丈夫だ」

と痩せは妙にふてぶてしく保証した。

「何がだよ?」

「よく見ろ。これは造りものだ」

ケケケと笑う。

「えっ?」

眼を凝《こ》らしたが、どう見ても本物だ。

「合成蛋白《たんぱく》の一種だが、食えるぞ。ひと口どうだ?」

「そんなもの食えるか。それより、なぜ料理が二人前あるんだ?」

男は箸をかちかちさせて、

「これを貰うついでに頼んだ」

またケケケと笑う。

「どういう神経してるんだ。おれはおまえの友だちでも家族でもないぞ」

「助けてくれた」

「あれは、もののはずみだ」

「照れるな」

「——何をだ⁉」

おれは仰天《ぎょうてん》した。このヤロー、あ、あ、あっちか?

「とにかく、助けついでだ。もう少し我慢《がまん》しろ」

「しろだ? えらそーに。とっとと出てけ。おまえが出なきゃおれが出る。おまえの意図は明らかだ。これ以上、タカられて堪《たま》るか」

「落ち着け」

痩せは片手で制した。おいでおいでしているようだ。死神が呼んでやがる。

その感じは間違っていなかった。

店の出入口の方から、いきなり乱暴な男たちの声が聞こえ、

「野郎、ここへ入ったんだな?」

「はい。見ました」

「捜せ」

足音がどやどやとこちらへ向かってきた。

「ちょっと、お客さん」

お、店長だ。頑張れ熊男。

と思ったら、

「うるせえ、ひっこんでろ!」

鈍《にぶ》い打撃音とともに、店長の悲鳴とガラス瓶の砕ける音がした。あー、ビールが勿体《もったい》ない。しかし、だらしのない熊だ。

意識を痩せに向けた途端に、おれはこの件の真相に気づいた。

真っ青で震えてやがる。

「おい、何やったんだ?」

おれは小声で訊いた。勝ち誇った気分だった。

痩せは何も答えられず、ひたすら震えている。

「なあ、せっかくだから、名前ぐらい教えろ。後で警察《サツ》へ届けてやるよ」

「……ギ……ギリス」

きしるような声だ。渋味のあるいい声だが、声では生命を救えない。

あーあ、足音がおれたちの脇に来た。

案の定、止まった。

「いたぞ」

低い声は地鳴りのように聞こえた。

「やっと見つけたぞ。この屑《くず》野郎。〈流砂〉へ叩きこんでやる。手足と舌を引っこ抜いてからな」

「えれーこった」

さすがに哀れになって、おれは上目遣いにギリス

を眺めた。もう死相だ。

ぐい、と肩に指が食いこんだ。

おれの肩に。

おれはふり向いて指の主を見つめた。

はじめて見るやくざ顔だ。

他に四人――一列に並んだ中にも知った顔はない。

「おめえ、鷺尾真吾《さぎおしんご》だな？」

肩を摑んだ男が念を押すように訊いた。

「とんでもない。人違いですよ。さっき、僕と入れ違いに出てった人がいたから、彼じゃないですか？」

「そうかい。だがな、こっちにゃ目撃者がいるんだよ。五年前、おめえが〈区外〉――静岡でカモった姐《あね》さんの手下がな」

「あ」

「思い出したか？――陽次《ようじ》」

四人のうちひとりが前に出た。でかい目玉を剝《む》いて、

「てめえは知らねえだろうが、おれは顔を見たぜ。ホステスとベッドにいるときのよがり顔をよお。それを写真に撮って姐さんに届けたんだ」

あれか。浜松《はままつ》の夕岐子《ゆきこ》――やくざの未亡人とは知ってたが、どうしても金が必要だったのだ。あるバーで、夕岐子の下へ麻薬販売の稼ぎが億単位で入ったと聞いた。早速、バーテンにチップをはずんで夕岐子の行き付けのレストランと出かける日にちを聞き出し、隣りの席で待ち構えた。

女田舎《いなか》やくざは五分で落ちた。

五〇〇〇万ほど持ってくるように命じ、預かった後ドロン。夕岐子がどうなったかはわからない。おれの仕事は結婚詐欺《さぎ》なのだ。

順調に終わった〝営業〟は、次の日には忘れている――とはいうものの、今の今まで一度たりとも思い出さなかったのは、この街へ来たせいか。

2

「日本中捜し廻《まわ》ったが、〈新宿〉にいるたあ思わなかった。ま、この国にいられなくなったら、海の向こうか〈魔界都市〉って話だがな。莫迦な野郎だ。妖魔を護衛につけなかったのか？　たかだか一万で雇えるボディガードもいるそうじゃねえか」

「――夕岐子さんは元気ですか？」

震えるのは、おれの番だった。ギリスもまだぶるってるから、男二人がテーブルをはさんでワナワナってわけだ。みっともないったらありゃしない。

「ああ、ぴんぴんしてなさるよ。おめえ憎しで、死にたくても死ねねえとさ」

「はは。そんな」

おれは笑ったが、頬はこわばり舌は廻らない。周りは静まり返って――などいない。暢気《のんき》なおしゃべりと笑い声。気がついてはいるが、どうでもいいのだ。店長がぶん殴られようが、おれが脅されていようが、この街では日常茶飯事以上にありふれた出来事なのだった。

つまり、おれが八つ裂きにされるとわかっても、誰ひとり警察へ連絡してくれないってわけだ。

「実はふた月先に、姐さんが再婚することになってな。そこで、新しい旦那《だんな》への引き出ものに、まんまと騙《だま》されたおめえの首がどうしても欲しいと言い出したってわけだ。見つけられなきゃ、おれたちの首も取られかねねえ。いやあ、死ぬ思いで捜したが、ようやくご対面だ。いや、おかげで助かった」

男は、優しくおれの肩を叩いた。

「ありがとよ。さ、行こうや」

とかけた声は、もっと優しかった。

「夕岐子さんと――話をさせてください」

おれの声も蒼白《そうはく》だった。

「ああ、姐さんもおれたちも、いずれ同じとこへ行く。そんときにな」

「待ってください……金、出します」

「金え?」

男はふり返り、残りと顔を見合わせた。

「幾らあるんだ?」

ひとりが訊いた。

「ざっと――一三〇〇万」

また顔を見合わせて、

「手元にあるのか?」

「いえ、近くのコイン・ロッカーに預けてあります」

咄嗟《とつさ》に口を衝《つ》いた。とりあえず、〈新宿流砂〉への直行だけは妨《さまた》げなくてはならない。

「近くって、どこじゃい?」

「ち近くです。案内しますよ」

いきなり、肩に男の指がめり込んだ。

「げげげ」

「女房がいるのか?」

「い、い、いえ」

「なら、安心して逝けるな。下手《へた》な時間稼ぎするんじゃねえ」

おれは立ち上がり、座敷を下りた。全ては肩の痛みのせいだ。

「ほれ」

とおれを四人に放り出し、男は震えっ放しのギリスへ、

「あんた、今日はひとりで飲みに来たんだよな?」

世間話でもするみたいにまともな口調で切り出した。

ギリスは震えたままだ。男はにっこり笑って、

「わかってりゃいいんだ。な、日光《にっこう》へ行ったことあるか?」

がくがくしている顔が、がくがくと横にふられた。

「そうかい、いっぺん行ってきな。いいらしいぜ、あそこの見ザル言わザル聞かザルはよ」

ポンとギリスの肩をひとつ叩いて、男はおれの方

へ向き直った。

残忍この上ない表情が笑っている。

「さ、行こうか」

別の二人に両腕を摑まれ、店から連れ出されたおれが、〈ゴールデン街〉の奥にある〈新宿流砂〉に辿《たど》り着いたのは、一〇分ほど後だった。

「ぼ、僕をどうする気だ?」

カッコつけたかったたが、声は震えている。男が笑った。

「どうもこうも、こんなところで飯ってわけにもいくめえよ」

男は、足下――二〇センチほど下をゆっくりと左から右へと流れていく銀色の砂の帯を見つめた。

〈新宿流砂〉と呼ばれる幅五メートル、長さ三〇メートルほどの砂の流れは、その片端で地面に呑《の》みこまれ、反対側の端から吐き出される。

いま、月光の下、おれの眼の前を流れ去るのは砂ばかりじゃなかった。用済みの家具らしいテーブルの脚やソファの背、旧型の3Dテレビ、残飯の詰まった袋や、日用品でいっぱいの袋等々の他に、ヤバい品――多分使用済みの拳銃やSMG、レーザー砲搭載の高速バイクや軽自動車、逃走用の組立式ジェット飛行体、装甲車輛《しゃりょう》まであった。

それから――口の紐《ひも》がゆるんで、中身がこぼれてる布袋――あれは人間の手じゃないか。目を凝らすと、同じようなサイズと形の袋が、あっちにもこっちにも見え隠れして――いや、それどころか、妖物と思《おぼ》しいねじ曲がった骨の間に、これは絶対に人間の頭蓋骨《ずがいこつ》が。

これが〈新宿流砂〉の利用法なのだ。

しかし、骨や袋は見る見るうちに砂に潜《もぐ》り、他の品もぐんぐん沈んでいって、銀砂ばかりの流れと化した。

「ぼぼ僕もここへ捨てるつもりか?」

おれの全身は冷たい汗に包まれていた。

「でなきゃ、何しに来たんだ?」

男たちはへらへらと笑った。

「頼む。夕岐子さんに会わせてくれ。これは何かの間違いだ」

「おお、おれもそう思うぜ」

と男は気軽にうなずいた。

「けどな、間違いを正《ただ》すには、こうするしかねえんだよ。手っ取り早く済ましちまおうか」

数本の腕が、おれを持ち上げた。

「助けてくれ」

おれは絶叫した。

「頼む。夕岐子さんと話をさせてくれ」

「あきらめな」

男は悲しげに言って、子分どもにうなずいた。

身体が宙に浮いた——と感じた刹那《せつな》。

「お待ち！」

ガラスに爪を立てたような叱咤《しった》が、おれを停止させた。

万歳《ばんざい》した格好で、男どもはふり向いた。

男がひと声、呆然と、

「——夕岐子さん⁉」

いや、それはおれの声だった。

廃屋《はいおく》と化した店舗が左右に並ぶ通りの真ん中に、和服姿の女は月光を浴びて立っていた。

おれは眼をしば叩いた。まず考えたのは——

妖物の変身か？

であった。しかし、こんなに都合《つごう》よく、しかも、いちばん必要な人間に化けて——

人の心を読んで変身する妖物はいる。だが、ここまで瓜《うり》ふたつに化けられる例はない。姿形や声、癖まで似せられても、雰囲気が何となく違う、のだ。

しかし、いまそこに立つ静岡の女やくざは、まぎれもなくあの夕岐子だった。肌を重ねたおれにはわかる。でなきゃ、この商売やっていけない。

奇蹟か何か知らないが、とにかく本物の夕岐子が来た、とおれは判断した。おれが殺されるのを見届けにじゃあるまい。絶対に救いに、だ。

「よく来てくれた。助けてくれ」

おれは空中でじたばたした。

「早く下ろせと言ってくれ」

「いいえ」

と夕岐子は氷みたいな声で言った。もともと冷たいところのある女だったが、今夜はその決定版だ。

「あなたを助けにきたんじゃないわ。こいつらの仕上げを見にきたのよ。何してるの？　さっさと放りこんでおしまい！」

「へい」

まさかまさかまさか。

おれを持ち上げた連中は、いったん引き、それからどっとばかりに流砂の縁《ふち》まで走った。

「くたばれ」

おれは腹の底から絶叫を放った。

何処《どこ》かで誰かが、

「およし！」

と命じた。

さすがに死刑執行人どももバランスを崩したらしく、わっと悲鳴を上げて飛び出しかけたおれを引き戻した。

「姐さん？」

と例の男が夕岐子の方を向いた。声には怒りが滲《にじ》んでいる。それきり、何も言わない。

理由はすぐにわかった。

夕岐子の背後に、もうひとつの影が立っている。

どう見ても、夕岐子が。

いきなり、おれは宙に浮いた。尻から地面に落ちた。痛《い》て。ま、生きてる証拠だ。

力尽きた男たちも、腕をさすりながら、二人の夕岐子を眺めている。

「どういうこった？」

男が混迷を口に出した。

「あたしも訊きたいわねえ」

とひとり目の夕岐子が、ゆっくりと二人目の自分をねめつけた。

「〈新宿〉てのが、化物《ばけもの》の巣窟《そうくつ》だとは聞いていたけど、まさか来た早々に自分と出食わすとは思わなかったよ」

「それは、こっちの台詞《せりふ》さ」

と二人目の夕岐子は、高飛車に返した。

「あんた何処の誰なんだい？　どうやってあたしの顔形を真似したのさ？　その前に、みんなさっさと引き上げな。そいつは放っとくんだ」

そいつとはおれのことらしい。

「ほら、馬脚を露《あら》わしたね。あたしは殺せと命じたはずだよ。そうだろ？」

「そういや、そうです。しかし――」

男はまだ躊躇《ちゅうちょ》していた。言い分云々《うんぬん》よりも、やはり見てくれだ。視覚が思考を支配しているのだ。

「ええい、この役立たず！」

ひとり目の夕岐子が叫ぶや、いきなり帯を解き外しはじめた。

まばたきする間に、全裸の女体が月光の下に浮かび上がった。豊かな乳房はもちろん、大きく張り出した腰の間にある繁《しげ》みも黒々と見えた。おれまで息を呑むエロい肢体だった。

息を呑む男たちの間へ、ひとり目の夕岐子は割って入り、男の前に立った。

「お抱き、下山《しもやま》。あんたならあたしが本物だとわかるだろ」

「姐さん⁉」

男は眼を剝いた。組の中では夕岐子との関係は極秘なのに違いない。

だが、全てはおしまいだ、とおれには確信が持てた。

月光に濡れた乳房と尻の動きがつくる影は、淫《みだ》らそのものだった。離れたところにいるおれの鼻孔にさえ、甘酢っぱい女の閨《ねや》の匂いが忍びこんでくるのだった。

「――姐さん――」

「お黙り」

ひとり目の夕岐子は男――下山の首に白い生腕を蛇《へび》のように巻きつけ、唇を重ねた。

舌が入った。

男に我慢できるはずがない。こっちも舌をねじこんで互いに吸いはじめた。

女の手が下山のベルトにかかった。

うお、摑み出してしごいてやがる。

そして――

3

二人の身体が離れるまで、数秒とかからなかったろう。しかし、誰ひとり、早《はえ》えなあと軽蔑《けいべつ》の視線を浴びせる者はいなかった。

この女この裸なら仕様がねえと納得してしまったのだ。

「下山。わかったよね？」

とひとり目の夕岐子が念を押した。

「へい」

男はうなずいて、

「間違いなく姐さんで。おい、こちらの言う通りにしな」

おれはまた持ち上げられた。

女はパンティも着けずにうなずいている。

その背後に――おれの予想どおり――別の人影が近づき、右手を高く持ち上げたではないか。

この場合、音はひと粒で二度おいしい「アーモンドグリコ」のように響く。

まず頭蓋骨の砕ける硬い音、それが軟泥に拳でもつっこむぐちゃり音。脳がつぶれるのだ。

だが、今回は最初のひと粒、いや、一回だけ。それも骨の陥没音じゃなかった。

何か――厚紙でもつぶれたような。

ひとり目の女は、立ったまま全身を痙攣《けいれん》させつつ回転しはじめた。白眼を剝いて唇から、涎《よだれ》がしたたり落ちている。

いきなり、その眼がぽん、と噴出した。

「え？」

おれは足下へ転がってきた眼球——眼の玉を見下ろした。

男たちの悲鳴が鼓膜へジャブを叩きこんできた。

ひとり目の夕岐子は眼の玉以外にも露出していたのだ。

両肩から付き出たのは、どう見ても割り箸だった。

顔の皮がペロリと剝《は》げたのは、遠心力のせいである。

「あン？」

これは男たちの声だ。地面に落ちた白い皮は、飲み屋の紙ナプキンだったのだ。眼と鼻と唇は？——ペン描きの絵《イラスト》じゃないか。

次の瞬間、ひとり目の夕岐子は廻りながらその場へぶっ倒れた。

地面に触れた瞬間、土を引っ搔《か》くような音がして、女の身体は原形を失った。

おれの眼の届く範囲に転がっているのは、前述した二つの他に、大量の割り箸とお手拭き——これが衣裳《いしょう》に化けてたらしい——、座敷の客がトイレへ行っているときに使うゴムの突っかけ——これは草履《ぞうり》か——紙ナプキンの下に転がった灰皿——正しく顔だ——であった。

ちょっとした材料で人間そっくりの操《あやつ》り人形をこしらえる奴は〈新宿〉に幾らもいる。しかし、ここまで精巧なのは見たことがない。どんなに、上手《うま》く作っても生じるボロ——声、動き、言葉遣い、そして何よりも雰囲気といった人間らしさの欠如《けつじょ》、これが、この寄せ集めには、まるっきり感じられなかったのだ。

「ほら、ごらん——どこのどいつがこさえたのか知れないけど、あたしの偽物だっただろ。さ、早いとこ引き上げるよ。そいつはここへ置いておきな」

「けど、姐さん」

下山が異議を唱《とな》えた。夕岐子がおれに近づき、頰にそっと手を当てたからだ。

「ええい、仕様がねえ――おい、行くぞ」

嫉妬《しっと》混じりの叫びを残して、浜松のやくざどもは細い通りの奥へと消えていった。

その気配と足音が絶えると、夕岐子はそっと手を離した。

「どうやってここを?」

おれは当然の問いを放った。

あいつらでさえわからなかった疑問だ。

もうひとつ――最初の夕岐子は誰が作ったのか、というのがあるが、これはとりあえず知らなくてもいい。

夕岐子が微笑した。

次の瞬間、その身体はナプキンとお手拭きと割り箸に化けて地べたへ散乱した。

呆然《ぼうぜん》と立ち尽くすおれの前方――やくざどもが消えた通路の奥から、

「間に合ったな。ケケケ」

つい最近、聞いたばかりの声がした。

後ろの方を用心しいしい現われた人影は、キリギリスを思わせた。

「あんた――え? すると、これは――?」

一発で事情を呑みこんだが、礼の言葉は出なかった。こいつ、危ない。

「即製だが、うまく稼働したらしいな、ケケケ」

痩せは両手を揉《も》み合わせた。昔、下宿してた守銭《しゅせん》奴《ど》の大家に似ている。

「ああ、何とか助かったよ。どっちもボロっちまったがな」

「あんたが連れ出されてから、二分で作った。なにせ操り人形だ。なのによく動いただろ。操り紐の長さが足りなかったんで、おれまで出向かなきゃならなかったのが珠《たま》に瑕《きず》だがな」

「紐?」

「ああ。これさ」

ギリスは身を屈《かが》めると、残骸の中から何かをつまみ上げて、おれの前にかざした。

「見えるか、女のだ」

「縮れてるな。陰毛か？」

「そうだ」

「ほお」

急にこの痩せキリギリスに不安を抱いた。本能的に、疫病神《やくびょうがみ》だと感じたのだ。

「いま足りないって言ったな。どうしてだい？」

「物が物なんでな、日持ちしないのさ。抜いてそのままにしておけば、まず三日。ところが、いざ必要ってときに、おいそれとあそこから抜かせてくれる女がいるとは限らない。だから、大事に扱わなきゃならんのだ。高いぞ」

「――何がだ？」

おれは眉を寄せた。

「そんな大事な品を、おまえのために使ってやったんだ。しかるべき報酬は当然だろう」

ほらきた。

「誰があんたにＳＯＳを出した？　あんなゴロツキども、おれひとりで十分何とか始末できたんだ。余計なお世話に、礼なんてできないな」

「ほお、この二体がおれに伝えた様子とは大分違うなあ」

「こんなでき損《そこな》いの情報なんて、当てになるもんか」

おれはガラクタの頭――灰皿を蹴とばしてやった。

円形のそれは縦になってギリスのかたわらを転がり、通路の奥へ吸いこまれた。

そして、靴先に当たって止まった。

おれの眼は点になった。

「よお」

声をかけた男――下山の右手には拳銃が光っていた。

「あんた……戻ってきたのか？」

「最初から、そこの横丁へ隠れてたのさ」

と下山は街灯の下で、黄色い歯を剝いて笑った。

「浜松へ帰る前に、色んなことが知りたくてな。姐さんにどうしてここがわかったのか。最初の姐さんが造りもンなら、二人目もそうじゃないのか。その他いろいろだ。まあ、大体わかったがな」

「なら、この話はなかったことにしよう」

おれはにこにこと提案したが、下山は眉ひとすじ動かさなかった。ああ、こいつが女でさえあれば。

「ぼ、僕を殺す気か?」

「そのためにわざわざ電車賃を使って花の東京へ来たんでな」

「やめろ」

とおれは、落ち着いた声で言った。

「その拳銃《チャカ》は暴発するぞ」

下山は、ちらと不審な眼を右手に向けた。

「それは、〈歌舞伎町〉の〝立ちんぼ武器商人〟から買った〝紙製拳銃《ペーパー・ガン》〟だろ。〝金曜の晩《フライデー・ナイト》スペシャル〟より悪い。なんてったって紙製だぞ。十中六、七は暴発するって統計もあるんだ」

「残りの三、四に入りゃいいんだろ」

男はいきなり引金《トリガー》を引いた。おれの足下でアスファルトが砕け散った。

「ひええ」

と後ろへ飛んだ足の半分が、空気を踏みつけた。流砂との境界だったのだ。

バランス次第でドボンだ。

おれが両手をふり廻してバランスを取っていると、下山はもう一発射った。射ったとわかったのは、拳銃が爆発したからだ。

〝紙製拳銃《ペーパー・ガン》〟には二種類あって、ひとつは紙自体が何とか鉄並みの強度を持っているタイプだ。これは嫌みったらしく〝鋼《スチール》〟と呼ばれる。もうひとつが、紙の表面に硬質塗料を吹きつけたもので、処理者によって幾らでも手抜きが可能なため、暴発や射撃不能事故が頻発する。いわゆる〝爆弾〟だ。下山のは多分、こっちだったのだ。

なまじ〈新宿〉では、立ちんぼの武器屋がいる、などという情報を吟味もせず、信じるからこうなるのだ——などとえらそうなことを言ってる場合じゃなかった。爆発を目撃した驚きで、おれはすう、と後ろに引かれ、流砂へ頭から——寸前に胸ぐらを摑まれ、四五度で停まった。

「どうする？」

と尋ねたのは、ギリスだった。

「わかった。礼はする。助けてくれ」

「いい子だ」

手は離された。

「わああ。三〇度だ」

と叫んだところで、もう一度胸ぐらを摑まれ、おれは蟻《あり》みたいに地べたへ叩きつけられていた。

「ひいひい」

と安堵《あんど》の息を切らせる顔の前へ、二本の足が立った。

下山だった。

右の手首から先がない。その代わり左手から光るものがぶら下がっていた。匕首《あいくち》だ。

ふりかぶった。

「ひええ」

見開いた眼の前に、白刃が突き刺さり——それきり動かなくなった。

「あーン？」

下山は、割り箸と紙ナプキンに化けていた。

こいつも、人形だったのだ。

「ケケケ。怖かったろ？」

何処かでギリスの笑い声がした。

「礼をする気になったか？」

「——わかったよ。幾ら欲しい？」

おれは息をつぎつぎ訊いた。こんなヤローとは、さっさと縁を切るに限る。

「いらんよ」

「なにィ？」

「今はまだ、な」

ギリスは意味ありげに言った。冷たいものが、おれの背を流れた。

「――どういう意味だ？」

「じきにわかる。また会おうぜ」

そう言い捨てると、ケケケを置き土産に、足早に歩き去ってしまった。残ったのは、おれと三体の残骸だけだ。

おれはすぐ起き上がった。本物の下山たちが戻ってくるかもしれない。人形の下山が抱いた疑問は正しいのだ。

数分後、おれは用心しながら、〈区役所通り〉へと戻った。

コイン・ロッカーからアタッシェ・ケースを取り出す。近くの横丁へ入って中身を確かめ、無事だと知って胸を撫《な》で下ろした。

次の〝鴨〟――奈江の店が開くまで、一時間近くを近所の喫茶店でつないだ。

店は混んでいたが、どいつも人形に思えて少しも落ち着かなかった。あのキリギリス野郎、意味ありげなことを言って礼を受け取らなかったが、なに企《たくら》んでやがるんだ。

女の考えなら手に取るようだが、男のはさっぱりわからない。興味がないからだ。

コーヒーをひと口飲んだとき、

「一緒していい？」

可憐《かれん》な声がかかった。

顔を上げ、おれは、へえと唸《うな》った。この街にセーラー服姿の女子高生が生きているなんて、考えたこともなかったのだ。

第二章　黄金の〝鴨〟

1

「いいよ。お座んなさい」

おれは人当たりのいいお兄さん顔と声で応じた。

「サンキュー」

明るい声と仕草で応じ、娘はおれの前に腰を下ろし、やってきたウェイターにコーラを注文した。

鞄《かばん》からｉＰｏｄを取り出してミニヘッドホンを耳に当て、すぐにリズムに合わせはじめた。

少しして、顔を上げ、

「何見てんの？」

と訊いた。

「いや。リズム感が抜群だからさ」

おれは多分、笑っていたと思う。

娘は、へえという表情になったが、すぐ興味なさそうに音楽へ戻った。数秒待ってから、おれは、ケーキでもどうかね？　と訊いた。

「ノー・サンキュー」

「そう言わずに。おかしな野心はないよ」

「お兄さん幾つ？」

「二〇ちょいだ」

「その年齢《とし》で、知らない女子高生にケーキご馳走《ちそう》するなんて、下心見え見えじゃん。ね、食事もカラオケもホテルも行かなくていい？」

「勿論《もちろん》」

「なら、頂戴」

こうはっきりしていると、気分がいい。舌先三寸でおれの手の平の上に乗り、香水べたべたの肌も露わにすがりついてくる中年の女どもの女毒を一掃《いっそう》してくれる清涼剤だ。

「ご両親は？」

と訊いてみた。

「いるよ」

「それは良かった。これから家へ帰るのかい？」

娘は顔を上げ、うるさそうに、

「どうだっていいでしょ。お兄さん、関係ないじゃん」

と言った。

「鞄はあるけど、教科書は入ってるの？」

「――んなもンあるわけないやン。別世界の本だよ。お兄さん、ウザい」

「失礼」

おれはコーヒーに戻った。

運ばれて来たコーラとショート・ケーキを、娘は礼も言わずにふた口で片づけた。

時間が来た。

レシートを摑んで席を立つと、娘が右手を突き出してきた。

「？」

「コーラ代」

「いらないよ、奢《おご》りだ」

「サンキュー」

すぐに引っこんだ。このとき、おれは何を考えていたのだろう。

「僕のお嫁さんにならないか？」

と訊いてしまったのだ。

返事はなかった。

おれは黙ってレジへ行き、勘定を払って外へ出た。

奈江の店は、歩いて七分ほどのところにあるクラブ「カウント・サンジェルマン」だった。

開店してすぐだったので、客はまばらだったが、それでもおれは一〇人目だ。

奈江はひどく歓《よろこ》び、キッスの雨をおれの顔に降らせた。ま、その程度の店だ。

「迷惑をかけて済まない」

おれは早速、用件を切り出した。こんなセコい店はさっさと引き上げるに限る。セコさが移るからだ。

「いいのよ、お店へ来てくれただけでも嬉しいわ。

やっぱり、他の男とは違う」

「今まで誰も？」

おれはわざと驚いてみせた。ま、来ないのが普通だ。事前調査によると、この店のホステスの平均年齢は二〇歳とまあまあだが、美形の数値はグレード10、つまり最低だ。酔いつぶれて人事不省になった酔漢どもを、客引きが引っ張り込むところだ。

奈江は貯金通帳と印鑑をおれに手渡し、

「三〇〇〇万円あるわ」

とささやいた。

「みんな、あたしからお金を取るのは遠慮しなかったけど、あたしのためにお金を使うのは一円も嫌だったらしいの。あなたって珍しいタイプよ」

「そう言って貰えると嬉しい。今度の仕事が成功したら倍にして返す」

「いいのよ、気にしないで。好きなように使って頂戴。あなたの役に立てば本望よ」

「何と言ったらいいんだ？」

おれは奈江の両手を握りしめた。自然に涙が溢れて来た。この瞬間、おれは本気で三〇過ぎのホステスに感激していた。同時に、そんなおれを嘲笑《あざわら》ってもいた。詐欺師とはこういうものだ。

おれはいちばん高いボトルを一本入れ、奈江と飲み交わしてから、一時間ばかりで席を立った。勘定を払おうとするおれを、奈江は、

「――いいのよ。来てくれただけでも嬉しかった」

と止めて、自分のツケにした。

ありがたいことだ。

現金と通帳でふくれ上がったアタッシェ・ケースを手に、おれは外へ出た。

「――ん？」

店の前にでかい黒塗りのリムジンが止まっていた。

後部座席のドアが開き、制服制帽の運転手《ショーファー》が直立不動の姿勢を取っている。

待っているのは、どなた様だ。

ドアの前を右へ折れて三歩進んだとき、運転手がおれの左腕を摑んだ。

「――何だい？」

耳もとで、

「お嬢さまがお待ちでございます」

「そうかい、人違いだよ」

「いえ。鷲尾真吾さまでございますね」

背すじを氷が走り抜けた。

「――あんた、誰だい？」

「水王玉藻《みずおうたまも》さまの運転手でございます」

「そうかい、よろしく言ってくれ」

行こうとして――引き戻された。細く見えるのに、どえらい力だった。

「おい、人違いだ。おれは水王玉藻なんて知らんぞ――ぐえ⁉」

鳩尾《みぞおち》に塊《かたまり》が生じていた。

それ――拳を引いて、運転手は言った。

「ご主人さまの名を呼び捨てにするのは許されません。たとえ、お嬢さまの許婚者《いいなずけ》といえど」

おれは止まった息を何とか吐き出そうと、汗まみれの苦悶《くもん》中だった。

「失礼いたしました。お乗りくださいませ」

送りに出ていた奈江が、駆け寄ってきたとき、おれを後部座席に放りこんだリムジンは、世界にあり得ない完璧な消音器《マフラー》でも装着しているみたいに、音もなく夜の街路を滑り出していた。

車が止まったのは、鳩尾の痛みが引いたのと同時だった。

一分――どころかその半分も経《た》っていないだろう。「カウント・サンジェルマン」からだと、時速四〇キロとして約三三三メートル強。〈新宿駅〉まででも着きやしない。

だが、リムジンを迎えたのは闇の中に浮かぶ宏壮《こうそう》な和風の大邸宅であった。

瓦屋根が月光にかがやき、家自体が燃えているように見えた。門柱にも塀にも、篝火《かがりび》が燃えているのだ。

おれはいつの間にか〈新宿〉から東北《みちのく》の片田舎にでもやってきたような気分に陥《おちい》った。

運転手がドアを開け、

「お出《いで》くださあい」

と言った。

おれはアタッシェ・ケースを手に降りた。

黒い鋲《びょう》を打ちこんだ鉄門が行手を塞《ふさ》いでいる。ふり向いたが、篝火の照らし出す地面が土とわかるばかりで、その端は闇に溶けていた。

〈新宿〉じゃさして珍しい現象とはいえない。

妖術師が面白半分に見せる幻影か、妖物の隠れ家、単なる次元の交錯——ほとんどがこの三つに含まれる。前と後ろの場合はいいが、真ん中だと危《ヤバ》い。

どうしたものかと考えていると、鉄門がギイ、と嫌みったらしい音をたてて開いた。

「ひえ」

だが、すくみ上がった心臓は、すぐに正常な鼓動を打ちはじめた。

現われたのは、古臭い雪洞《ぼんぼり》を手にした和服姿の中年女だったのだ。

雪洞の灯影が揺曳《ようえい》する顔は——しまった。どえらい美人だ。おれのフィールドじゃない。

こちらへ向かって深々と頭を下げる女へ、

「あ、どーも、鷲尾と申します」

穏やかに微笑《ほほえ》みかけた。やりすぎは警戒されるし、不愛想も、あたしなんかと思わせてしまう。

女も白い歯並みを見せて、

「ようこそ。千也子《ちやこ》の母の玉藻でございます。お待ち申しておりました」

千也子？

おれの困惑を見抜いたように母親は、

「そうそう。お名前もお知らせしていなかったそうで。申し訳ございません。さ、お入りくださいませ」

そう言うと、母親は門の中へと歩き出した。逃げ出したかったが、あの運転手がいる。おれも黙ってついていった。なに、勝算はあった。

塀の外からは、瓦屋根がすぐ近くに見えたが、入ってみると、御殿みたいな母屋《おもや》まで徒歩一〇分もあった。

車でここまで来りゃいいじゃんかよ、と思ったら。

「――あの運転手は不浄な者でございまして、門内には入れませんのです」

まるで、テレパシーが使えるみたいに返ってきた。

母屋までの道は石畳に覆われ、右は竹林、左は森のようだ。

いつの間にか風が吹き出し、竹林と木立ちがざわめいた。点々と設けられた篝火に、黒い木影が不気味にゆれている。

一体、ここはどこなんだ？　さすがのおれも気味が悪くなった。そもそも、千也子って誰だ？

「あの、よく存じませんのですが、僕とその千也子さんとは、どういう関係なのでしょうか？」

我ながらトンチンカンな質問であった。

母親は足を止めてこちらを向き、白い繊手《せんしゅ》を口もとに当てて、上品に笑った。

全く身震いするほど美しい。おまけに色っぽい。どう見てもこれまでのカモとは別世界の女だ。

しかし、やってやる。おれは久々に闘志が燃えるのを感じた。

「それはもう。私も――一家の者もすべて納得しておりますから」

「え？」

背中に途方もなく重いものがのしかかってきた。それなのに足は動いた。

それから母屋の玄関に着くまで、おれは木と竹のざわめきだけを聞いていた。

「こちらです」

まるで格納庫みたいなサイズの玄関の扉を横に開くと、

「いらっしゃいませ」

一〇〇人とも一〇〇〇人ともつかぬ男女の合唱がおれを縮み上がらせた。

これって、大旅館の玄関か？　国立劇場の大舞台か？　いや、映画のセットに違いない。

おれに平伏してるお手伝いや下働きらしい男女の数は、直《マジ》で一〇〇〇人もいそうに見えた。

——何だ、この家は？

声に出すのを必死でこらえるおれへ、

「お恥ずかしい限りでございます。年を経て、本家の使用人たちの数も、これだけになってしまいました。私が子供の頃は、この一〇〇倍はおりました」

2

この女はアホか——と思いたかった。

しかし、だだっ広い玄関の向こうに黒々とうずくまって頭を下げたままの男女を見ていると、到底そうは思えなかった。

「さ、どうぞ」

母親は音もなく三和土《たたき》から上がり、使用人たちの前を左へ——広い廊下の方へとおれを導いた。

ふと、なぜ雪洞を持っているのかと疑い、そうか暗いんだ、とおれは納得した。

左右に襖《ふすま》が並んだ御殿みたいな廊下を、幽《かす》かな光だけが母親の影とともども進んでいく。外にあった篝火の明かりは絶え、室内を照らすのは雪洞の光だけだった。こんな家、他に何処にある？

果てしない、としか言いようのない廊下を前進するうちに、おれは何とも言えない不安に苛《さいな》まれはじめた。

後ろから誰かがついてくる。それもひとりふたりではなく、一〇人、否、数十人単位でだ。足音ひとつしない。気配もない。それなのに、わかるのだ。

ふり向けば、眼の前に誰かの顔がある。

ドラムのような音が聞こえる。心臓だ。

何度か廊下を曲がった。

急に母親が足を止めた。

真っ黒い闇が前をふさいでいる。

母親はおれの方を向いてにっこり笑うと、

「おいでになりましたよ」

と闇の奥に声をかけて、右手を腰のやや右下にのばした。

引戸のように引いた。

ここへ来るまで、おれが心の中で泣きたくなるほど求めていたものが、視界を埋めた。

その光の中から、

「いらっしゃい」

明るい娘の声が、おれを出迎えた。

おれは眼をしばしばいた。

平凡な六畳間におれはいた。

右側にはベッド、左側には窓と机があり、天井には電灯が明々《あかあか》と点《とも》っている。

パソコンからのびたコード付きヘッドホンを机に戻し、娘——千也子——は立ち上がって、おれに微笑してみせた。

「カウント・サンジェルマン」へ行く前、喫茶店で同席したセーラー服の娘だった。ただし、今はオレンジ色のTシャツにジーンズだ。

おれはあまり驚かなかった。周囲の激変ぶりに呆《あ》っ気《け》に取られてしまったのだ。何だ、この女子高生の部屋は？

ふり向いた。

閉じたドアは平凡なデコラ板で、黒い引戸なんかじゃない。

「ごめんね、うちのパパとママ、せっかちで」

千也子はおれに近づいて両手を握りしめ――ようとして、左手のアタッシェ・ケースに邪魔された。

それでも手首を握って、

「あなたと結婚するって言ったら、たちまちパニくって、今日中に捜し出さなきゃって」

「捜すって――どうやって？」

「知らなーい。探偵でも雇ったんじゃないの。でも、いいわ。何とか会えたんだし」

おれを見上げる顔は歓《よろこ》びにかがやいていた。オレンジ色のTシャツの胸は見事な盛り上がりぶりを示し、ブラの形をはっきりと浮かび上がらせている。ぎゅっとくびれた腰の下は、どんと立派なヒップが不動の安定を示している。

おれが何も感じなかったのは、主に中年女がターゲットだからじゃない。

「ここどこだ？」

最大の疑問を口にした。

「住所なら、〈市谷加賀町《いちがやかがちょう》〉一の×よ。建売りだけど一軒家」

「建売り？」

「そよ。パパはただのリーマンだからさ。住宅金融機関と公庫から借金して三五年ローン」

おれの頭は混乱の極みに達した。

「しかし、じゃ、さっきのでかい家は？」

ぼそぼそと洩《も》らすおれの問いに、千也子は首を傾《かし》げて、たちまち笑顔になった。

「ああ、あっちのママの実家を通って来たのね」

「ママの実家？」

「時々、出て来るの。青森にあるんだけど、ここにつながってるみたい。いっぱい人がいたでしょ？」

「ああ」

「それも暗いのばっかり」

「ああ」

「ひょっとしてママもいた？　ママ和服着て、雪洞《せつどう》持ってさ」

「雪洞《ぼんぼり》だよ」

「あ、それよ。ふふ、びっくりしたでしょ？」

「ああ」

おれはベッドの縁《ふち》に腰を下ろした。ようやく緊張がほぐれたのだ。本当なら、この部屋へ入って、千也子を見た途端にほぐれても良かったのだが、それまで浸っていた状況とのギャップに、理性の舵《かじ》が取れなくなってしまった。いま、筋の通った説明が、それを復活させてくれたのだ。

「何とか落ち着いたよ。しかし、まだひとつわからない。君の両親は、なぜおれを捜したんだ」

「あら、ひっどーい。あなた、あたしに結婚を申しこんだじゃないの」

天地が廻り出した。

だが、止めることは出来なかった。

そうだ。そうだった。

「待ってくれ。まさか、あれを、本気にしたのか？」

「そよ」

「しかし、君はあのとき、全く関心を示さなかったぞ」

「そりゃポーズよ。見栄《みえ》ってもンがあるじゃん。他にもあたしくらいの女子高生がいたしさ」

「だからって、その年齢で僕との結婚を口にするなんて。おい、僕は二〇過ぎだぞ」

「男と女は年齢じゃないわよ」

千也子は顔の前で人さし指を左右にふって見せた。

「あなたをはじめて見た瞬間に、ピン、と来たの。あんときよく見たらわかったでしょうけど、他にも席は空いてたのよ。なのに、あなたの前にすわったのは、そのためよ」

千也子は両手をおれの首に巻きつけた。眼の前で紅い唇が、

「――大好きよ」

「おい、本当に待て」

おれの血相は変わっていたに違いない。

「おれは君と結婚する気なんてない。誤解しないでくれ」

「えーっ⁉」

千也子は大きな眼を、さらに大きく見開き、

「じゃあ、あの結婚してくれは何よ？　嘘《うそ》だったの？」

「そうだ」

言い切った瞬間、電灯がすう、と消えた。闇がおれたちを包んだ。

すぐ横で、

「――何とおっしゃいましたの？」

母親の声であった。

いた。

和服姿が雪洞を手に、じっとおれを見つめている。

なんて眼つきだ、血が凍った。

「千也子と結婚したいと仰《お》っしゃったのを、今になって撤回なさるのですか？」

「いえ、お母さん――常識で判断してください。お嬢さんはまだ十――」

「一七歳でございます」

「僕は二〇過ぎです。他にいくらでもお嬢さんにはふさわしい相手がいます」

「千也子は、あなたがいいと申しております」

「いや、お嬢さんはともかく――ご両親はいいんですか？」

「勿論ですとも。あれの言うことに間違いはございません」

おれは天を仰ぎたくなった。

「そちらは良くても僕は困ります。お嬢さんと一緒になるつもりはありません」

おれは悲鳴を抑えた。

母親の形相が、悪鬼のそれに変わったのだ。

「よくぞ、仰っしゃいました。その返事はすぐ千也子に伝えましょう。それであの娘が傷ついたら、すべての責任はあなたに取っていただきます」

声と同時に雪洞の明かりが消えた。

暗黒がおれを包んだ。

誰もいない。雪洞の光はそう保証していた。

いいや。

いる。

おれの周囲の闇にはそいつらが詰まっていた。

東北の昏《くら》い空の下に北の風に逆らってそびえる広大な旧家に仕えるものたちが。

「話を聞いてくれ」

おれは母親のいた場所めがけて叫んだ。

「東北《みちのく》の者は気が長《なご》うございます。ですが、私は」

じり、と周囲の気配が狭まった。

気配にも圧力がある。

「ひええ」

おれは両手をふり廻して走り出した。

廊下の記憶も襖の配置も気にしてる場合じゃなかった。

「ご案内いたします」

耳もとで、年老いた女の声がささやいた。

「ひええ」

「こちらへどうぞ」

前方から若い女の声が。

おれは左へ曲がった。

「そちらへは行けません」

今度は爺《じい》さんだ。

「ご案内いたします」

若い男はおれの左脇にいるようだ。

必死で逃げた。

しかし、そいつらは何処までもついて来た。

「出られません」

と別の女の声が言った。

「この家からは絶対に」

「ひええ」

我ながら代わり映えのしない叫びを放って、おれは床を蹴り——その身体がふっと宙に浮いた。

「あれ⁉」

おれは眼を剝いた。

眼の前に女がいた。

奈江だ。

ここは⁉

「月影のナポリ」が聞こえていた。

「どうしたの、鷺ちゃん？」

と奈江が訊いた。

おれは周りを見渡した。

「カウント・サンジェルマン」の店内ではないか。

テーブルには高級ウィスキーの瓶とグラスとつまみが雑然と乗っている。

「どうしたのよ。しっかりして」

奈江に膝をゆすられ、おれはようやく記憶を取り戻した。

そうだ。奈江の貯金通帳と実印を受け取ってから、せめてもとテーブルについて、ロックで五杯目を飲《や》ったところだ。その証拠に、右手には氷の入った空のグラスが。

おれはぼんやりと奈江の顔を見つめ、

「おい、おれはずっとここにいたか？」

と訊いた。

奈江はぽかんとして、

「当たり前じゃない。何処行けるっていうのよ？」

「本当に、ずっといたか？」

奈江は怯《おび》えたような表情をつくった。おれの顔はよほど切羽《せっぱ》詰まっていたに違いない。

奈江は頭上を仰いで眼を閉じ、

「そう言えば、ほんの一瞬だけど、いなくなったような――気もするわ」

「それだ」

「え？」

「何でもない。これで帰る。またな」

おれはにこやかに微笑んだ。どんな状況だろうと、仕事は徹底しなくちゃならないのだ。

勘定を払い――理不尽のような気がした――立ち

上がった途端、心臓が止まった。

アタッシェ・ケースがない！

3

「おい、おれのケースはどうした？」

「え？——そう言えばないわねえ」

奈江も周囲を見廻した。

この女、おれが東北にいる間に？　と思ったが、あっちの家じゃ肌身離さず持っていたのだ。

止まった心臓が今度は凍りついた。

置いて来たのか、あの家に⁉

「ね、どうしたの？」

奈江の声がぐんぐん遠ざかった。

「帰る」

自分の声も遠い。

歩き出した。夢の中にいるような頼りない足取りだった。


「あら？」

奈江が薄気味悪そうに息を引いた。

「鷺ちゃん——あんた、靴はどうしたの？」

おれは、ぼんやりと足下を見た。履いているのはスリッパだった。

「忘れて来た」

と返した。

「——何処へ？　ずっと店にいたじゃない」

「いや、上がりこんだんだ」

「何処へ？」

「東北」

何も言わなくなった奈江を残して、おれは店を出た。

今度は運転手もリムジンもいなかった。

とりあえずタクシーを拾おうと思った。広い通りへ出なくちゃならない。

スリッパで歩き出すとすぐ、

「お待ちなさい」

重々しい声がかかった。

「ひええ」

ととび上がったのは、またリムジンかと思ったからだ。

今度は違っていた。違いすぎていた。

小さな台の上に、スタンドと筮竹《ぜいちく》、算木《さんぎ》、八面体サイコロに方位盤、とどめとばかり頭に蠟燭《ろうそく》を点した髑髏《しゃれこうべ》等を並べておれを見上げている皺《しわ》だらけの婆《ばあ》さんは、どう見ても易者《えきしゃ》だった。

どうせロクなこと言われやしない、まずこう思った。

GO、だ。

無視して歩き出そうとした背中へ、

「東北」

という声が当たった。

「え？」

次が決定打だった。

「アタッシェ・ケース」

「えーっ⁉」

おれは台の真ん前に立っていた。

「何を知ってるんだ、あんた？」

尋ねる眼の前に、意外とごつい手の平が差し出された。

「商売」

「わかった。幾らだい？」

「一件一万円」

「た、高いぞ」

「当たるも八卦《はっけ》、当たらぬも八卦——あたしのは、当たってばかり」

これは認めざるを得ない。

「最初の質問は無しだ。そのアタッシェ・ケース——どこにある？」

「東北」

おれは膝をついてしまった。

「くそお」

「——と思ったら〈新宿〉」

おれは婆さんの中国服《チャイナドレス》の胸ぐらを摑んでゆすった。

「なにィ？」

「舐《な》めとるのか、こらあ？」

婆あは、ガタガタゆれながら、

「つながってる」

と言った。

「千也子」

おれはつぶやいて、手をゆるめた。

「心当たりがあるようだね。この蛇骨《じゃこつ》婆さんの占いは当たった当たった、だよ。パチパチ」

手を叩いてやがる。

おれはその前に一万円札を置き、

「何処へ行けば手に入る？」

一語一語区切るように訊いた。

「ちょい待ち」

婆あは、台の向こうから「魔界都市地図帖」を取り出して、指に唾をつけペラペラめくり出した。

「〈新宿〉なら〈市谷加賀町〉――の×だね。東北なら青森県と岩手県の中間――」

おれは感心した。

青森はともかく、市谷――は、千也子が口にしたのと同じだ。

「婆さん――あんた、あいつらの仲間か？」

「よしとくれ」

婆あは、容《い》れ物から筮竹を引き抜いて、じゃらじゃらやりはじめた。

「ふーむ、ふーむ、むおっ⁉」

おれに嫌がらせをしているとしか思えない。どういう仕掛けか、髑髏の上の蠟燭も、ぼおと燃えはじめた。

「GO！」

「え？」

おれは眼を丸くした。

婆あめ、あさっての方を指さし、

「GO！」

「いきなり英語を使うな、どうしろってんだ?」

「行け! あんたなんか知らないわ」

「ちょっと、おい」

混乱したおれに、婆あは筮竹を向けた。

「さっさとお行き。じき迎えが来るよ。あんた、助かるためとは言え、死んだほうがマシなことをしちまったね。こうなったら、それを守るしかないよ」

「知ってるのか、あんた?」

「占いだよ、占い。原因があれば結果がある。それを現実より先に知るのが八卦見さ。覚えといで。あんた多分、逃げるつもりだろうけど、そんなことしたら、あんたの家族や周りの人間が、死ぬより恐ろしい目に遭うよ」

「——わかった」

おれはうなずいた。

「ほい」

婆あめ、また手を出したが、おれは無視して走り出した。

「こん畜生」

急いで戻った。

「払う気になったかい? あたしも怖さじゃひけをとらないよ」

「助かる方法はないか? 一〇万出す」

婆あは、またじゃらじゃらやり、今度は算木もかちゃかちゃ動かしはじめた。たっぷり一分間これを繰り返して、

「ほお、西北だね」

と言った。

「え?」

「たったひとり、ここから西北の方角にいるよ」

希望の光が胸に点った。婆あの声と表情が、呆れ果てていたからだ。まさか、本当にいるとは、とそれは言っていた。

「具体的な場所はわかるか?」

「そこまでは無理だね。行ってみるしかない」

「わかった」

婆さんの手をまたも無視しておれは走り出した。
「こん畜生」×2
「この罰当たり」×2
「逃がしゃしないよ」×2
これだけ追ってきた。
西北へ行く前に、おれは〈西早稲田〉のアパートへ戻った。
とりあえず荷物を整理して、別の友人のアパートへ転がりこもうと思ったのだ。西北の助け人《びと》と市谷加賀町のアタッシェ・ケースはその後だ。
万が一の用心に現金で一〇〇万ばかり残してある。通帳と印鑑は四菱《よつびし》銀行の貸金庫だ。
アパートへ戻って、必要な品をバッグに詰めはじめたとき、アパートの横の路地から、何とも不気味な、しかし、美しい女たちの歌声が噴きあがってきた。

東北《みちのく》の面貌《かんばせ》　恋しからずや
夫《つま》どの　何処《いずこ》にておわす
我ら　宴《うたげ》を止めず
夫どのの下へと参るべし

身体中の血が凍りつくような戦慄《せんりつ》に身を委《まか》せながら、おれはうっとりと聴き惚《ほ》れた。

我に返ったのは、その声とおびただしい足音が、確実におれのアパートの玄関へと近づいているのを意識したからだ。

窓辺に寄って覗いた。

「うお」

思わず声が出た。

なんてこった。

街灯もない路地の奥から、おびただしい数の和服姿の女どもが現われ、粛々《しゆくしゆく》と玄関へ吸いこまれていくではないか。

おれの眼は、黒と金に着色した古臭い輿《こし》に吸いついた。屋形の下からのびた長柄を、屈強な羽織袴《はおりはかま》の男が前後二人ずつで担《かつ》ぎ、屋形の扉には鳳凰《ほうおう》の絵が描《か》かれている。輿には等級《グレード》があるが、これはその最高峰――「鳳輦《ほうれん》」というやつだ。

それが窓の下まで来たとき、白い指が輿の扉にかかって、横へ滑らせた。

白い顔が覗《のぞ》き、ちらとこちらを見上げた。

千也子？

否。

千也子の母の顔が。

おれは反射的に窓から離れ、ろくに中身も確かめていないバッグを手に部屋から飛び出した。

身体が芯まで凍えていた。見てしまったのだ。母親の顔を。

ああ、眼が合った。

そして、母親はにやりと笑ったのだ。

廊下へ出るや、おれは非常階段へと走った。玄関には魔除《まよ》けの札や仏像が安置されているし、各部屋のドアも同じだ。

だが、糞《くそ》の役にも立たないことがおれにはわかっていた。

扉まで半分のところで、女声コーラスが階段を上がってきた。

外へ出て扉を閉めたとき、廊下に足音が聞こえた。

階段を下りる足音をたてたら危《ヤバ》い――本能的に感じて、おれは動きを止め、糸くらいの隙間を開けた。

廊下は和服の男女で覆い隠されていた。

輿はおれのドアの前だ。

扉が滑り、垂れが上がって、絢爛《けんらん》たる色彩の人影が立ち上がった。それなのに、身の毛がよだったのは何故だろう。

ノックしてやがる。

「返事がない」

と千也子の母親はつぶやいた。

吐きそうだ。

ギイ、とドアが開いた。

玉藻がおれの部屋へ入った。

すぐに出てきて、いない、いない、と言った。

「あの人がいない。そうだ、近所で行方《ゆくえ》を訊いてみよう」

おれの脳裡《のうり》に、あの占いの婆さん——蛇骨婆あの言葉が甦《よみがえ》った。

約束を守らないと、あんたの家族や知り合いが——

母親はおれの右隣りのドアを叩いた。

少し待ち、また叩こうとしたとき、住人が現われた。

三十前後のリーマンだ。名前は小杉《こすぎ》。パジャマ姿で眼をこすっている。

「——何すか？」

「お隣りの鷲尾さんが何処へいらっしゃったか、ご存知ありませんか？」

「——いや、全然、大体いま——」

その首が、ごとんと落ちた。

母親がそれを拾い上げ、突っ立ったままの胴体へ渡すと、それは後ろに下がってドアを閉めた。

「あの人はいない。何をしている、みなでご近所に訊いてお廻り」

静かな声であった。

翌日の新聞には、アパートの住人全てが、七〇過ぎの老夫婦から二歳の幼児までが殺害されたと載るだろう。首を落とされて。

母親が非常階段の方を見た。歓喜の表情が浮かんだ。忘れたい忘れたい。一生賭けても忘れたい。あの顔を。

やってきた。

右手をのばし、引き戻し、左手をのばし、引き戻し、歌舞伎の怨霊のように。

おれは非常階段を駆け下りなかった。

飛び下りた。

膝の痛みも忘れて一目散に走った。

結婚の約束をした女の下から。

第三章　怪母子考《かいぼしこう》

1

タクシーを拾って、おれは〈歌舞伎町〉へ戻った。

〈風林会館〉に到着するまで、リア・ウインドウを覗きっ放しだった。あの輿《こし》の行列が追ってくるんじゃないかと、気が気じゃなかったのだ。

あの易者——蛇骨婆あの見台に辿り着いたときは、全身が冷たい汗に濡れていた。

——ところが
婆あはいなかった。

行灯《あんどん》は燃えていたが、蠟燭《ろうそく》を付けた髑髏《どくろ》もない。見台の前にセロテープでメモ用紙が貼りつけてある。

時間を要す
「糞お、役立たずめ——何処《どこ》行きやがった?」

必死の思いで周囲を見廻したとき、背後にざわめきが生じた。

ふり向いた。

和服姿の女が路地を曲がってきたところだった。

「もう来やがったのか⁉」

おれは反対側へと走った。

すう、と光が消えた。

ふり仰いだが、月さえ見えなかった。

そのくせ、眼を転じれば、しずしずと近づいてくる女たちと、その背後の輿だけは、はっきりと見えるのだ。

いや、左右の襖の列も。

おれは足下を見た。

廊下だった。

——ここはあの家か⁉

もう一度走り出そうとした身体が、いきなり撥《は》ね返された。

黒い壁がそびえ立っている——としか思えない。

「助けてくれ」

おれは夢中で壁を叩いた。

「お待ちなさい」

陰々《いんいん》たる女の声が、おれをふり向かせた。

俯《うつむ》いた女たちの横に、千也子の母親が立っていた。

「私を捨てて何処へ行こうというのですか？」

「いや、その……」

「私の輿入れは今夜という約束でした。なのに、あなたはお部屋におらず、仕方なく私はアパートの方々に訊いて廻りました。気の毒にその方たちはみな、亡くなりましたが」

首が、ことん、と。

「逃げたなんて……とんでもない。おれは買い物に出てたんだ。あんたへのプレゼントを買おうと、ここへ」

「あら、嬉しいこと」

母親はにんまりと唇を歪《ゆが》めた。気が遠くならなかったのが不思議だ。

「なら、何の問題もありませんわね。さ、ご一緒に、私たちの幸せの部屋へと戻りましょう」

「幸せの部屋？」

「あなたのアパートの部屋のことよ。そこへ行ったら、まず、逃げ出したお仕置」

おれは胸の中でひええと叫んだ。恐怖のあまり声は出なかった。

「いらっしゃい、あなた」

母親は手招きした。

その指先からおれの身体へとのびている細い繰り糸を、おれは見たような気がした。

身体は、すうと前へ出た。

「お待ち」

皺深い女の声が、おれの足を止め、ついでにふり向かせた。

確かに黒い壁がそびえていた闇のずっと奥から、仄白《ほのじろ》い光がこちらへ向かって来る。

「あなたは？」

母親の声には驚きが詰まっていた。少なくとも光の主の声は、おれにかけた母親の呪縛《じゅばく》術を破ったのだ。

遠い光は今やそれなりのサイズの輪になって、その下の人間の頭と顔とを浮かび上がらせていた。

「あっ、婆あ——いや、お婆さん」

「婆あで結構」

白髪中国服の婆あは、苦々しげに唇を歪めた。

「ちと厠《かわや》に行ってたら、いきなりこれかい。やっと戻ってきたねえ」

「やっとって、こうなるのがわかっていたのか?」

呆然とするおれに、婆あは、

「顔見りゃ一目瞭然《いちもくりょうぜん》だ。あたしゃ八卦《はっけ》見だよ」

「とにかく助けてくれ。礼はする」

「たんまりだよ」

婆あめ、念を押しやがる。

「わかった。たんまり出す」

「よっしゃ」

婆あは右手を頭へ上げた。

白髪のてっぺんに立ってる蠟燭を摑もうとしたのだ。

その喉を、次の瞬間、風を切って飛来した一本の針が、うなじまで貫いた。

針? 否、鍼《はり》というべきだろう。三〇センチもありそうなそれは、確かに母の手から放たれた。

一体、何処にそんなものを?

とそれだけでも驚くべきなのに、さらに、驚きの声が上がった。

蛇骨婆あが、ひょいと右手を鍼の端にかけ、喉の方へと引き抜いたのである。

その唇が尖《とが》って、ひと息吹きかけると、凶器は皺だらけの指先で、だらりと左右に垂れ下がった。

「髪の毛かい」

と老婆は面白くもなさそうに言った。

「——となると、あんた北の方から来たね。こりゃあ厄介《やっかい》だ」

「そう思うなら、おどきなさい」

と母親は言った。言ったが前へは出ない。この老婆の実力も骨身に沁《し》みたのだ。

「悪いが、契約が成立したんでね。この男はあたしが貰っていくよ」

老婆の手が肩にかかり、おれはぞっとした。

「何処へも行かせない」

と母親が呻《うめ》くように口走って、さらにぞっとした。

「あなたは私のものよ。戻っていらっしゃい」

母親がまたも片手をのばした刹那《せつな》、おれと老婆は闇に呑みこまれた。

その寸前、母親に付き添う男女の口から悲痛な呻きが洩《も》れた。何という不気味で美しい合唱。

おれたちは消えた。だが、母親はのばした右手を、たぐるように動かして、指先からのびたひとすじの黒髪を見つめた。

「通路はふさいだわ。すぐに参ります。愛《いと》しい人」


「こりゃ、先を越されたね」

暗黒の中を進みながら、老婆の洩らした台詞《せりふ》は、かたわらのおれを震え上がらせた。

「どういう意味だ？」

「〝ン・カイの無闇路《むあんろ》〟はこの先で外とつながってるんだけど、ひと足先にふさがれちまったよ。あの女を甘く見過ぎていたね」

「おい、すると――」

「追いかけてくるね」

「……………」

「そして、追いつめられるね」

「おい。逃げられるんだろうな？」

「……………」

「おい」

「上乗せできるかね？」

「てめえ――まさか、わざと」

返事をする前に、老婆は立ち止まった。

「え？」

一歩前へ出てしまった。

ごん、と額が鳴った。

「痛《い》っつう〰。こりゃ石か？」

打撃箇所を押さえて涙声になるおれへ、

「閉鎖空間だよ。どうする？」

「どうするって？」

「上乗せだよ」

「こ、この糞婆あ」

「来たよ」

老婆がふり向いた。おれは全身が倍も縮んだような気がした。

聞こえてくる。

男女の合唱が。

「出す。乗せる。助けてくれ」

「了解」

老婆が右手で頭頂の蠟燭を摑んだ。

左手が胸もとへ滑り込んで、束になった白いカードを抜き出す。

楕円《だえん》を半分で切ったような形をしたカードの表面に描かれているのは、

「――ドアか？」

そのカードをディーラーのように、半月形に開いて、蠟燭の炎で白々と照らし出し、老婆はうなずいた。

「そうだけど、いいのがないねえ」

「おい、選《え》り好《この》みしてる場合じゃねえだろ。多少条件は落ちてもいい。早いとこ安全なところへ連れ出してくれ」

「うーん」

「てめえ、まさかまだ上乗せを――」

合唱が近づいてきた。不気味だが美しい声の交響に、恐怖の渦《うず》の中心で、おれは思わず聴き惚れてしまった。

「よし」

老婆がうなずいた。

一枚のカードを頭上に高々と放り上げ、

「こいつぁ意外なのが出てきたね。ちいと面白いことになりそうだけど、行ってみよう」

「面白いって何だよ?」

「あなた」

聞き覚えのある声が呼びかけた。

「ひええ」

おれの手と首に何かが巻きついた。摑んだ感触は──ひええ、髪の毛だ。

ぐい、と引かれた。

「わあ」

「お待ち」

老婆の声と同時に、世界は白光に支配を譲った。

婆あの蠟燭だ、とおれは思った。

だが、自然に光の方へ歩き出した身体は、とんでもないものと出食わしてしまった。

「あら!?」

と驚いた風に戸口から顔を出したのは、なんと千也子じゃないか!?

周囲を見廻して、おれは仰天《ぎょうてん》した。

するとここは、屋敷の闇の奥で見た千也子の部屋か。

いや、違う。〈新宿〉だ。〈市谷加賀町〉にある建売りの一室だ。

おれはかたわらの蛇骨婆あをふり返った。

この婆あ、とんでもないことをしやがる!? しかし、これは安堵《あんど》の思いだった。いいとこつないでくれたよ。

「助かったよ、千也子ちゃん」

おれは娘の手を握ったが、さっ、と逃げられた。

「冷たいじゃないの?」

「当然の仕打ちです。あなたみたいな浮気者と、金輪際お付き合いする気なんてないんですからね」

「でも、助けてくれたじゃないか」

「あたしは何も」

そう言や、ここへ来たのは婆あの力だった。

「邪魔《じゃま》したね。いま出てくから心配しなくてもいいよ」

婆あは優しく言った。

「ホンっと迷惑なのよね。あたしはこっちでちゃんとした生活持ってるんだし、本家とは別だといつも言ってるのに、こんな得体《えたい》の知れない人がやってくるんだもン」

「得体が知れねえ?」

「おっと——知れてるか。新しいパパだもんね」

「パパ?」

婆あがおれを見つめた。

「そよ。この人、最初あたしと結婚するって言ったのに、ママに口説《くど》かれたら、途端《とたん》に寝返っちゃったの。ねえ、熟女好き?」

「仕方がなかったんだよ。お母さんのご機嫌《きげん》を損ねたら、あのとき殺されてた」

千也子の部屋へ現われる前に、おれは東北の怪屋敷で闇に呑みこまれた。その中で母親はこう言ったのだ。

「あの娘と一緒になるのがお嫌なら、私の夫になっていただきます」

と。一も二もなくおれはOKした。

「あたしへの愛より、自分の生命を選んだわけね、サイテー」

「もう勘弁してくれ」

おれは千也子の肩に手をかけた。千也子は肩をふって外そうとしたが、おれは動かなかった。

「人間、生命がかかれば、つきたくもない嘘もつく。僕の胸の中にあるのは、最初から君だけだ」

正直、これまでに何度か、自分は正真正銘の阿呆《あほ》だと思える瞬間があった。プラス今回だ。

口を閉じろ、とおれが叫んでる。しかし、止まらない。

2

「信じてくれ」

とおれは手に力をこめてゆすった。

顔をそむけた千也子の顎《あご》に手をかけて引き戻し、

「君も僕だけを見てくれ」

と見つめた。

それでもすねている。

ここが勝負だ。一〇分でも一時間でも眼を離しちゃならない。二人の間に張り巡らされた感情のバリケードを突破させなきゃならない。

千也子の表情がふっと和《やわ》らいだ。それでも、何とかすねながら、

「ママにも同じこと言ったんでしょ?」

突破だ。

「僕は君の瞳の中から出てこられない。そんなはずないだろ」

「嘘」

「ホント」

おれは千也子の顔に自分の顔を近づけていった。

焦るな焦るな。

唇が触れる寸前、千也子は熱い吐息を吐いた。

顔を離すと、後じさりし、ぐったりと椅子《いす》にかけた。

おれの後ろで、誰かが溜息《ためいき》を洩らした。あの婆あだ。

おれはふり向いて、

「なに見てやがる?」

と訊いた。

「気が狂いそうだよ」

「何がだ?」

「あんた自分が恥ずかしくないのかね?」

「うるさい」

婆あめ、嫌みったらしく、喉を押さえてオエオエとやりはじめた。

幸い千也子は気にもせず、ぼんやりと熱い眼でおれを見つめている。

瞳の中のおれは、星を背負っていた。

後はここから逃げ出す手だ。母親——玉藻が何処にいるかはわからないが、まさか娘のところに——

おれの頭の中を稲妻《いなずま》が走った。

おれは千也子の手を取って、呻くように言った。

「な、頼みがあるんだ」

「な、何よ？」

「君のママはおれとの仲を誤解している。だが、いまは頭に血が昇って、何をどう説得しても無駄だ。理不尽《りふじん》なことに生命まで狙ってる。そこでだ、しばらく、ここに匿《かくま》ってくれ」

「ここに⁉」

千也子は眼を剝《む》き、婆あは手を叩いた。

「そうだ、いくらあんなバケ——いや、変わったママでも、おれが娘の部屋にいるなんて想像もできないだろう。心理の盲点を衝《つ》くんだ」

「でも」

「頼む」

おれは千也子の両手にキスの雨を浴びせた。とどめとばかり、眼と眼を見交わした。涙目になっている。自分を褒《ほ》めてやりたかった。

その瞬間、スリッパのピタピタ音が遠くから近づいてくるや、ドアがノックされた。

隠れる場所はない。

奥の本棚の陰に貼りついたおれの眼の前に、にこやかな熟女の顔が、ぬっと現われた。

「あら、いつの間に？」

「——⁉」

心臓がもの凄い勢いで縮んでいく。

それは、千也子の母——玉藻の顔であった。

心臓が喘《あえ》いでいる。

いつ、にんまりと、悪魔の笑みを浮かべてもおかしくない。

しかし、なんと、玉藻は別の手を打った。

にっこりと笑ったのだ。

底抜けに陽気で明るい、太っ腹な母親の笑顔で。

すぐに千也子をふり返って、

「こんどは、三〇前のお兄さん？　あんた、ホントに多趣味よねえ」

千也子は真っ赤になって、

「ちょっと、ママ、変なこと言わないでよ」

やっぱりママか？　しかし、この女がさっきのママと同じなのは、顔だけだ。

ママは、おれへ眼を戻して、腰に手を当てた。

「うーん、ちょっと油断できないタイプねえ、女を泣かす顔よ」

「待ってください」

おれはあわてた。とにかく異常事態が発生している。ここはこの女を籠絡《ろうらく》しなくてはならない。ただし、千也子にヒスを起こさせないようにだ。

「いきなり無茶言わないで。僕は、油断できない男でも女を泣かす顔でもありません。平凡な男です」

「夜中に、人の娘の部屋に忍びこんで、なにが平凡な男よ」

ママは呆《あき》れ返ったという口調で言った。

「ま、千也子のボーイフレンドだから、慣れてるけど。でも、下にはパパもケンタローもいるのに、どうやって入ったの？」

「いや、それは……」

「ま、いいわ。とにかく、お泊りはダメよ。今度やらかしたら、パパが自慢《じまん》の備前長船《びぜんおさふね》持ち出すからね」

「わかりました」

千也子がうなずいた。どうやら、発展家の娘が、冴《さ》えないBFを部屋に引っ張りこんだってことで済みそうだ。いや、理解あるというか、わけのわからない親で助かった。

「あの、ありがとうございます」

おれは素早く母親の手を握りしめた。

「あら」

と引き離そうとするのを押さえて、じっと眼を見る。

「すぐに失礼します。怪しいものじゃありません。後日、ご挨拶《あいさつ》に伺います」

「あ、あら、そう。じゃ、よろしく」

そして、母親は去った。

ドアが閉まると同時に、

「あなたって――」

「あんたって――」

新旧二人の女が、おれに呆れていた。

「何だい?」

「よくもあたしの前で恥ずかしくもなく、ママにあんなこと言えるわね。汚《けが》らわしい」

「何を言ってるんだ?」

おれは逆に呆れたように言った。

「挨拶しただけじゃないか。勝手に上がりこんでごめんなさい」

「手を握る必要があるかね?」

婆あが軽蔑《けいべつ》しきったように口をはさんだ。

「あれこそ挨拶に心をこもらせる手段だ。スキンシップ――男と女の関係でこれに勝《まさ》るものはない」

「ママと男と女の関係になりたいってわけ?」

千也子が絡みはじめた。こういう場合、どう説明したって納得しないのが女だ。絡む、と決めてるから、筋が通ろうが通るまいがどうでもいいのである。

さあ、どうする?

決まってる。

おれは素早く、千也子の手を取った。

「何するの!?」

おれは何も言わず、怒り狂う美貌をじっと見つめた。

「いい加減にして――あんたなんか――」

千也子の声は次第に弱くなり、ついに沈黙した。ここだ。

「わかってくれ。僕が愛しているのは、君だけだ」

とどめの一撃に、千也子は小さく、

「――そりゃ……わかってるけど……さ」

「よし、じゃあ、仲直りだ」

「――うん」

　おれは呆れ返った婆あの視線を意識しながら、千也子の頬っぺたに軽く唇をつけた。

　ぶるっと全身を震わせ、千也子はおれの胸に身をもたせかけた。

　おれは背中を撫で、彼女をベッドにかけさせた。まだ時間稼《かせ》ぎをしなくちゃならない。何かいい手はないかと思っていると、またも廊下をやってくる足音がした。ひどく大きく荒っぽい。

　ドンドン、ガラッとドアが開いて、これはいかにもガンコ親父《おやじ》って中年男が出現した。

「パパ」

「ママから聞いた。おまえ一体何を考えとるんだ。女子高校生が、こんな時間に男を引っ張りこんで桃色遊戯《ゆうぎ》にふけるとは」

「ち、違うのよ、パパ。話を聞いて」

「違うものか、この不良娘――おまえたち、とっとと出て行け」

　拳をふり上げて威嚇《いかく》するオヤジへおれは、

「お父さん、これは誤解です」

　と抗弁した。

「何が誤解だ。夜明け近い娘の部屋に、ニヤけた青二才と中国服の婆さんが入って、乳くり合い――」

　オヤジはしげしげとおれの背後を見つめ、

「婆さんが、何故、ここにいるんだ？」

　と眼を丸くした。

「つ、付き添いか？」

「こいつの保護者だよ」

　と婆あはおれを指さした。

「こいつは根っからの女たらしでね。あたしみたいな婆さんから人妻、幼女まで相手を選ばない。しょっ中トラブルに巻きこまれる。あたしも貢《みつ》いだ金を返せと貼りついてるんだよ」

「貴様、こんな老人からも」

「ひどーい！」

と千也子も怒りの眼を向けた。

「ち違う。嘘だ」

おれは必死に抗弁した。

「いいや、本当さ。さっきもあんたの奥さんの手え握って、何か口説《くど》いてたよ。気をおつけ」

「何と⁉」

男は完全にキレたようだった。

「にょ、女房まで……許さん――今すぐ出て行け！」

「い、いや、その」

「わかったな。いま、女房と話してくる。次に来たとき部屋ん中にいたら許さんぞ！」

憤然と出て行った男を見送ってから、おれは、

「親父さん、いやに恫喝《どうかつ》しなれてるけど、本当にリーマンか？　やくざかなんかじゃないのか」

「似てるけど、ちょっと違うわね。警官よ」

「もっと悪い」

おれは頭を抱えたくなった。どういう家なんだ、ここは？

「てめえのせいだぞ、この糞婆あ」

おれは顔中を口にして喚《わめ》いた。

「この子のママを口説いたなんぞ言うから――」

「出てったろ」

婆あは平然と言った。

「あいつがドメスティック・ライフ第一のマイホーム親父だってひと目でわかったよ。だから、目先に女房の危機をぶら下げたら、早速、解決しに出てったろ。さ、その間に準備を整えるんだ」

「どうするのよ？」

と千也子が面倒臭そうに言った。

「任しとき」

婆あはうすい胸を拳でぶっ叩き、激しく咳《せき》こんだ。

一〇分足《た》らずで男は戻ってきた。

「誤解は解けたぞ。妻はおまえなど眼中にないそうだ——あれ⁉」

男は部屋を見廻し、千也子に、

「出て行ったのか？」

と訊き、

「うん、窓から」

と指さされると、よしと言って出て行った。

細目に開けた押し入れの襖を開いて、おれと婆あは外へ出た。

「実に単純なお巡《まわ》りだな」

おれはケケケと笑い、誰かに似てるな、と思った。

「その言い方やめてよ」

千也子がにらみつけた。多分、お巡りのほうだ。

「もう、やってきやしないよ」

ドアに耳を当てていた婆あが、こっちを向いてOKマークを作った。

「下で仲直りのマシン合体を開始したからね」

「サイテー」

と千也子が吐き捨てた。どうやら両親とうまく行ってないらしい。この辺、充分に食い込む余地がありそうだ。

「ところで、さっきの話だが、あっちとこっちの関係はどうなってる？　しかも、どっちも母親は同じときた」

「実家にはパパがいないわ。あたしがこっちに出てきてすぐ死んじゃったの」

「——つまり、ママの場合は同じ人間がアクターみたいに違う役を演じてるってわけか？」

「そこのところは？マーク」

千也子も首を傾げた。

「そう言われると、別人のような気もするし。どうなのかしらね？」

「君は平気なのか？」

「そうね」

あっけらかんとうなずいた。

「生まれたときからこうだったし、どっちの親も大事にしてくれるから、気にもならなかったのよ。親なんてウザくなくて、好きなことさせてくれて、生活費出してくれるなら、何人いたっていいじゃない？」

「まあ、な」

これは認めざるを得ない。子供は何処へ行こうと、飢《う》えさえしなければ、ひとりで生きていける。

それから夜が明けるまで、おれは千也子からこれまでの人生について聞かされた。

3

それによると、彼女の生まれた家は東北——青森と岩手の県境にある山中の豪家で、丁度この〈新宿〉くらいもある広大な敷地に、一族及びその使用人たちと暮らしていたらしい。

尋常に考えれば、代々の土地に居住する豪農か庄屋の一族だが、千也子の記憶ではそのどちらでもなく、何か工場とその従業員を思わせる生活ぶりだったという。

彼女の家——本家と分家の家々は、「過ぎし日の東北の家」とかいうタイトルで旅行番組に取り上げられそうな旧家だったが、何より一族を特徴づけているのは、その家々の近くに何棟も並んでいた、巨大な、煉瓦《れんが》造りの建物であったという。それはどれひとつとっても、少女期の千也子の眼には山ほども高く、村ほども巨《おお》きく見えた。

後に、正確な規模で言うと、

「〈新宿伊勢丹〉の一〇倍くらいもあるサイズの建物が一〇棟。うち五棟からは何本も煙突がそびえ、二四時間、黒煙を吐いていた」

となる。

その五棟からは、常に得体の知れぬ響きや音が聞こえ、

「TVで見た造船工場や自動車工場と同じ音だった」

という。

さらに、千也子の興味を何よりも引いたのは、母《おも》家《や》と隣接して建てられていた、「工場」のひとつと同じサイズの建物であった。

「まるで博物館か、陳列場みたいな、色んな品物が並んでいる広い部屋が蜿々《えんえん》とつづいてたの。そのまま置かれているものも、ガラス・ケースに入れて保存されているものもあったわ。はじめて見たときは小さかったので、気持ち悪くなって出てきちゃった。次に覗いたのは、東京へ来る前だから一六の春。今度は何が飾ってあるのかわかったわ」

それは、家や人や動物や機械の内部構造だったという。

身長一〇メートルもある巨大な全裸の女が、顔や胸や下半身の一部を残したきり、その内側をさらけ出しているのだ。

ただし、千也子の言うとおり、それは構造であった。

「大きな木の歯車や小さな歯車が何千個も嚙み合わさって、あちこちで皮のベルトがそれにくっついてた。これって一〇メートルもある歩く人形？　って、私しばらく見上げていたわ」

等身大のモデルもあったが、中身は基本的に同じだった。

おれが信じられなかったのは、人や獣ならともかく、自動車のようなメカニズムの塊にも、アナログなゼンマイや歯車が仕掛けてあったことだ。

この娘の一族は、何を生み出そうとしていたのか。近代工学の精華に対し、何故異を唱えつづけるのか。

千也子もそう考えたらしく、やはり東京へ出る前に、東北の父に質問したらしい。

返事は、

「わしにもわからん。お祖父《じい》さんにも、曽祖父《ひいじい》さんにも、その前の、またその前の先祖にもわかりゃしねえだろう。ひょっとしたら、あの工場をぶったてた初代にもわかってなかったのかも知れねえ」

するとと、千也子の家は、理由もわからず、得体の知れない〝からくり〟をこしらえてることになる。

それが動くのを見たことがあるか、と訊いてみた。

「あるわ」

と千也子は答えた。

今では何処の誰かもわからないが、千也子は初回の訪問の折り、白い髭《ひげ》を長く垂らした老人と一緒にいたという。厳しいが、安心感を与えてくれる人物であった。

それが、気がつくといなかった。

恐怖に立ちすくんだ場所は、とても外からは想像もつかない広大な一室であった。天安門《てんあんもん》広場くらいあったと千也子は保証した。

左右には何もない。石の壁だ。

何処にあるかわからない照明のおかげで、室内は明るかったが、荒涼の極みともいうべき光景が、千也子をますます不安にした。

前方に木のドアがあった。

そこへ進もうとして、千也子は足を止めた。

ドアが人影を吐き出したのである。

それはぼろをまとった大人の女だった。青白い顔にかかるざんばら髪が、その姿を一層凄惨《せいさん》に見せていた。

何よりも千也子を震え上がらせたのは、女の手に握られた幅広の包丁ではなく、髪の毛の間から覗く真っ青な眼と同じ色の唇であった。

二〇メートル近く離れているのに、女の眼が憎悪に燃えているのが、はっきりとわかった。

何故、憎まれているのかわからない。狂人だ、と思った。

思った途端に恐怖が爆発し、千也子は女に背を向けて、多分やって来たはずの方へと走り出した。

すぐ壁にぶつかった。

煉瓦の壁だった。必死で拳を叩きつけ、助けてと叫んだ。

誰も来てくれなかった。

千也子はふり向いた。

包丁をふりかぶった女が、走ってくるのが見えた。

声はない。しかし、千也子には女の絶叫が聞こえるような気がした。

待てえ
殺してやるう
こう繰り返しながら、女は走って来るのだった。

「助けて助けて、誰か来て」

必死で壁を叩いた。

その手が止まった。

千也子の全身は冷たい汗にまみれていた。

身体がゆっくりと右へ廻りはじめた。

ふり向くな、と頭の中で自分の声が止めた。

ふり向いては駄目。

それなのに、千也子の身体は止めようもなく動いた。

眼も閉じなかった。

九〇度廻り切った。

眼の前に女の顔があった。

血のような眼も、ふりかぶった包丁も見えた。

ふり下ろすところも。

身体の何処かに痛みが走ったのは覚えている。

記憶はそこで切れた。

次は——

例の老人が見えた。

ひどく呼吸が苦しかった。

「もう大丈夫だ。安心しなさい」

と老人は、ひどく粘ついた声で言った。

場所は同じだと思うが、よくわからなかった。

「良く我慢したな。いい子だ。おまえを怖がらせた女は、お爺さんがやっつけてやったよ。ほおら」

血管の浮き出た硬そうな指が、千也子の足下をさした。

女はそこにいた。

仰向けの身体は臍《へそ》のあたりまで裂けて中身を露呈していた。

おびただしい木製の歯車やてこや皮ベルトの塊を。

「おや、まだ生きとるわい」

老人が愉しそうに言った。

女の胸のあたりで、かすかな音が鳴っている。小さな歯車がふたつ嚙《か》み合い、回転しているのだ。

「ひょっとしたら、この女、生き返るかも知れんぞ」

老人の声を最後に、千也子はまた気を失った。

「どう見ても、あれがロボットとは思えなかったわ」

うそ寒い表情になった千也子に、おれは笑いをこらえた。成程《なるほど》、ロボットか。それをやっつけたのは、確かにその爺さんだったのかと、訊いた。

「わからないわ。気がついたら、そばにいて、ロボットの女がバラバラになってただけ。もうよそ。あたし忘れたいの」

肩に傷痕が残っていたが、深傷《ふかで》ではなかったのか、すぐに消えてしまったという。

それから老人は二度と姿を見せず、誰に訊いても正体はわからなかった。

「助けてくれたのかも知れないけど、何でか気味が悪い人だったわ」

と千也子は言った。

「口では慰めてくれたけど、本気で心配してる風には見えなかったもの。本当のこと言うとね、何だか喜んでたみたいよ」

女の動きや表情は、ロボット――機械人形とは思えないくらい人間そっくりだったという。

「あいつが人を殺しても、目撃者は絶対に人間がやったと証言するわよ」

おれは少し考えた。

〈新宿〉にも人間そっくりの人形——からくりを駆使する連中は幾らもいる。だが、東北のど田舎にそんな世界があったとは。

しかも、〈新宿〉とつながってやがる。

一体全体、何のために？

「知ーらない」

と千也子は首をふった。当然だ。

「会う連中みんなに訊いてみたけど、誰も答えてくれないの。でも、今でもやってるわよ。あたしが東京へ来る日も、普通に工場は動いてたもの。それとね——作ってたのは、人形ばっかりじゃないわ。家も車も、いいえ、地所も森も姿が変わったの」

さすがに、おれは蛇骨婆あと顔を見合わせてしまった。いくら土地が余ってるからって、何てことしやがる。

それは、一二、三歳の千也子が二階の自室から外を眺めているときに生で見た。

一族の敷地は四方を鬱蒼《うっそう》たる森で覆われ、夏などは息苦しくなるくらいだったが、その地の森がみるみる地面へ吸いこまれていったそうだ。

「信じられなかった——というか、夢でも見てるんだと思ったわ。昨日までそこにあった森が、みるみる地面に沈んでくんだから。森の向こうに先っちょだけだった山脈《やまなみ》が麓《ふもと》まではっきり見えるのよ。呆然となってから、こりゃ誰かに知らせなくちゃと部屋を出ようとしたら、いきなり地面からまた森が生えてきたのよ」

生えてきたというのは面白い表現だが、確かに地面から数千本の巨木がのびてきたらそう見えるだろう。

千也子は何日かしてから、下働きの老人を連れて森へ入った。

どこから見ても普通の杉であった。

木皮の表面の手触りも艶《つや》も異常がない。表面には毛虫が這《は》っているのさえ見えた。

千也子は老人に、用意してきた手斧で切ってくれと頼んだ。

　老人はためらったが、千也子の必死の形相《ぎょうそう》に怖《おそ》れをなして、手近の一本に鉄の刃を打ちこんだ。

　表皮がとんで白い中身がのぞいた。

　もう一撃。

　夢じゃなかった、と安堵する代わりに、千也子はこれも夢ではないかと疑った。

　白い内部の奥から出現したのは、人形と同じ仕掛けだったのである。

　さらに二本、斧を叩きつけても、結果は同じだった。

「ひょっとしたら、前の森もこうだったんじゃないかと思ったわ。きっとあれ、メンテよ」

　地所はどうだ、とおれは訊いてみた。

「朝起きると、建物の位置が丸ごと変わってるのよ」

　千也子の答えは明解であった。

「母家も工場も炉も庇《ひさし》もね。調べてみたら、どれも百年も前からそこにあるみたいに、土台からしっかりそびえてるの。古くから働いてる人たちは経験済みなのか、何てことないって顔してたけど、その子供や新しく働きに来た人たちは、あたしみたいにびっくりして、あちこちうろつき廻ってたわ」

　正直、これは凄いと思った。

　ばかでかい建物を丸ごと移動させて、その証拠も残さない。ほとんど気×××沙汰《ざた》だ。

　気がつくと、窓の外には黎明《れいめい》が満ちていた。

　話の途中だが、生命あっての物種だ。おれは千也子に別れを告げて外へ出た。

第四章　骸《むくろ》の連鎖

1

人間《ひと》の世を構成するのは、常に別れと出会いだ。

千也子とのグッバイの次は、婆あとのあばよだった。

そう告げたおれに、蛇骨婆あは、右手を差し出した。握手じゃない。手の平が上向きだ。

「約束のギャラを貰おうかね？」

「今はない。現金《キャッシュ》の持ち合わせがないんだ。後で振り込む」

「そんな世迷いごとが通用すると思うのかい？　現金で貰うまで離れてやらないよ」

危《ヤバ》い。この婆あ、本気だ。

心臓がぎゅっと縮まった。

どうやって丸く収める？

幾通りもの解答が脳裡をかすめた。どれも嵌《は》まらない。

切羽詰まったとき、婆あはにやりと笑った。縮まった心臓が爆発しそうな笑顔であった。

「無いものは仕様がないね。いいだろう。振り込んでおくれ」

そうして、婆あはポケットから一枚の名刺大のカードを取り出し、おれに手渡した。

「あたしの携帯のナンバーとメアドと振込先だ。覚えといて損はないよ」

この婆あ、仕事をシステム化してやがるのか。とにかく、別《わか》れてくれるなら問題はない。

ちゃんと振り込むからと約束しておれたちは別れた。

婆あのうす笑いが気になったが、こうなればしめたものだ。勿論、金はふり込んでやるさ。ただし一〇分の一ほどな。人間てのはおかしなもんで、雀《すずめ》の涙ほどでも払ってもらえると安心してしまう。次の支払いが多少遅れても待ってくれる。そこで倍以上遅れてさらに雀の涙を払う――大抵の奴は、以後送らなくてもこれで諦めてくれる。

この手で行こうと決め、おれが訪れたのは、〈山吹町《やまぶきちょう》〉の一角にある二階建ての小さなビルだった。〈巡回バス〉を降りて、到着するまで約五分。その間、地面が何度か揺れた。

〈魔震〉の余震と言われている。いくら何でも、何年たつんだと思うが、地震の性質からいって、そう命名するしかないそうだ。

どんな性質かというと――

おれの前を、同じバスを降りたリーマンらしいのが歩いていたが、急に透きとおりはじめ、そこから一〇歩と進まぬうちに空気と同化してしまった。

不気味なのは、そいつが自身の異常に気づいた風もなく、平然と歩を進めていたことだ。

右方の一戸建ての塀の向こうで、悲鳴と獣の唸《うな》り声がした。多分、護符の調整を忘れた家族が、〝変身した〟家族に襲われてしまったのだ。

前方に白い人影が浮かび上がり、すうとおれに寄ってきたが、素早く護符をぶつけて退散させた。手持ちの護符だが、〈新宿〉の通りには、都合がつかなかったり、持ち忘れたりした連中用に、無料の護符の置場が一〇〇〇以上設けられている。護符の効果は悪霊や妖物によって異なるが、置いてあるのは最強レベルのやつだけだ。これだと無害の妖物や死霊も消してしまうので、〈区〉も色々と考えているらしい。

なぜ化物を消して悪いのかというと、例えば〈シャボン玉〉と呼ばれる半透明の妖物は、この世のものとは思えない芳香を放ち、〈〝新宿〟香水《フレグランス》〉シリーズとして区外へ輸出され、年間一〇億円近い収入をもたらしているのだ。

〈区〉では公営のTV番組や、観光センター等で、妖物の区別を指導しているが、慣れない観光客は、おかしなのが眼の前に出てくれば、問答無用で護符をぶつけてしまう。

こうして失われる〈区〉の収入は年間一〇億もあ

るといわれる。これさえ修正できれば、儲《もう》けは倍になるわけで、〈区〉が頭をひねるのもわかる。

ビルの前で、おれはシャッターに付いたチャイムを鳴らした。

シャッター上のビデオ・カメラがおれを捉えて数秒、

「――珍しい時間にお出ましね。この詐欺師」

ハードボイルドな声でインターホンが応じた。

「そう言うなよ、〝アーミー〟。一〇〇回以上寝た仲じゃ――」

「それ以上言ったなら攻撃するわよ」

「わかった」

おれはあわてて両手を上げた。向こうの敵意は本物だったのだ。

咳払いをひとつしてから、

「今日いちにち匿ってくれ。追われてるんだ」

「あら珍しい。ヘタ打ったってわけ？　も少し胆《きも》を冷やしたほうが、あんたのためよ。世の中甘い女ばかりじゃないってわかった？」

「そらもう。おまえだけで充分だ。頼む、世の中が甘くねえのは餓鬼《がき》の頃からわかってる。助けてくれ」

「営業相手に頼んだら？」

「つい最近ひとつ終わったばかりだ。目下、休業中」

インターホンは溜息をついた。

「ま、いいわ。一日――そうねえ五〇万」

「おまえ、そりゃあんまり」

「じゃ、ね」

「わかった払う。ただし、今は現金の持ち合わせがねえんだ。明日出てくとき払う。それでどうだ？」

「通りの向こうを見てごらんなさい。コンビニがあるでしょ。ATM付きだってさ」

おれはふり返った。

〝LAWSON〟の看板がでかでかと朝の光を浴びている。

「わかった。しかし、おまえも知ってるだろ。おれの銀行の口座は出し入れが激しい。いまは一〇〇円も入ってないんだ。だが、コイン・ロッカーに一億ばかり現金がぶちこんである。それは〈歌舞伎町〉まで戻らなきゃ手に入らない。頼む、今日いっぱい待ってくれ」

インターホンは沈黙し、すぐ、

「悪いけど、あんたを信用するには、この眼で現金を見ないとね」

「お、おい」

おれはできる限り憐《あわ》れっぽい声と表情を演出したが、インターホンは沈黙してしまった。

莫迦《ばか》女と毒づきたいのを抑えて、おれは通りの方を見た。

全身から音を立てて血が引いていった。

西の端から、あの行列がやってくるではないか。

数少ない通行人が、おかしな眼つきで眺めているところをみると、奴ら本物なのだ。

おれは死に物狂いでインターホンにとびついた。

「頼む、助けてくれ。ここまで追いかけて来やがった」

返事はない。

シャッターを叩いた。

派手な音が四方に轟《とどろ》いた。居どころをバラすようなものだが、黙ってりゃ通り過ぎるとも思えない。

「助けてくれ。入れてくれ」

おれは身も世もなく叫びつづけた。

自分の声に震える鼓膜に、別の声が割り込んできた。

あの歌声だった。

東北《みちのく》の面貌《かんばせ》　恋しからずや
夫《つま》どの　何処にておわす
我ら　宴《うたげ》を止めず
夫どのの下へと参るべし

改めて聞くと、なんて美しく不気味な歌だ。

「開けてくれ」

おれは身も世もなくシャッターを叩きつづけた。叩く手に合わせて身体と――首が動いた。

脳の一点が閃《ひらめ》いた。天啓だ。

「おい、深夜か早朝か、TVのニュースで見たろ。〈西早稲田〉のアパートの住人が首を落とされて死んだはずだ。あいつらが犯人だ。あいつらは、おれと関係のある人間を容赦《ようしゃ》なく殺してく。おまえの名前もいまここでバラしてやる。通称〝アーミー〟。本名は――」

「この恥知らず！」

とインターホンが怒号を放った。

同時に、シャッターが開きはじめる。

やった。誰でも自分が可愛《かわい》いのだ。

全て開くまで待たず、おれは三分の一ほど開いた隙間からとびこんだ。

シャッターの向こうは階段だった。

「閉めろ！」

と勝手な言い草を放って、おれは階段を駆け昇った。左右のコンクリの壁が、ひどく頼もしく感じられた。

一三段を昇り切ると、正面が鉄のドアだ。上のビデオ・カメラでおれが誰も連れてきてないのがわかったか、ドアは縦にスライドして、おれを呑みこんだ。

「追っかけてる女より先に、あたしに殺される覚悟はあるよね？」

声の主は、五〇畳もありそうなフロアの真ん中の機械椅子《メカ・チェア》に腰を下ろして、おれを迎えた。

紫色のビキニ・ブラと紐《ひも》パンという、この上ない歓迎衣裳の他に、出迎えはもうひとつあった。

右腕前腕部に装着された自動ターレット付き多連装自動砲《バルカン》だ。

「相も変わらず女を食いものにしてるのね、生まれついての詐欺師さん」

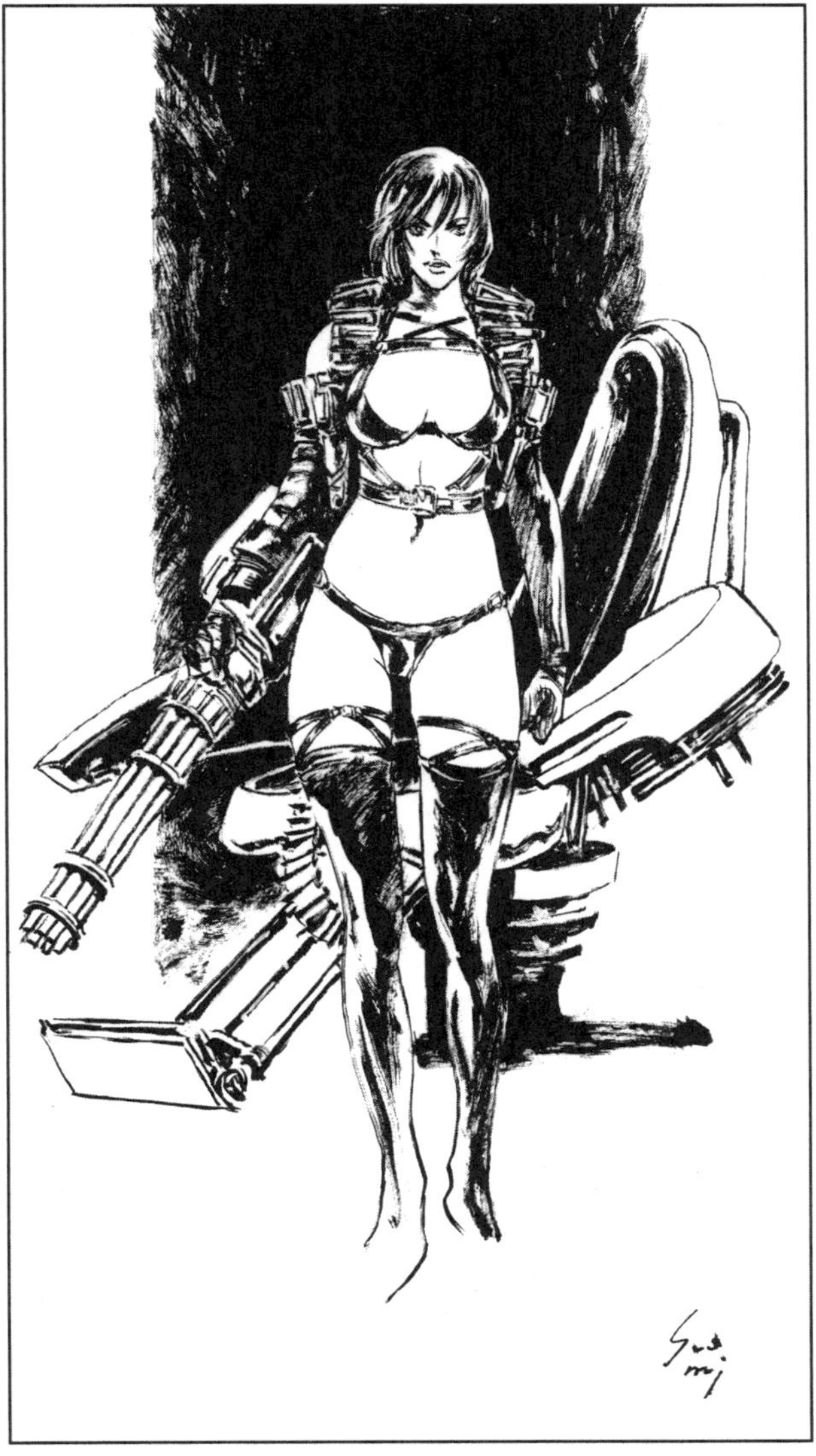

これが疑問符付きじゃないのが、おれとこの女――〝アーミー〟との関係を良く表わしている。

「あんたを騙した覚えはないぜ」

おれはネクタイを弛《ゆる》めて、〝アーミー〟に近づいた。

左右の光景を見て、

「やっぱり落ちつかないな」

と言った。

「あたしには天国よ」

〝アーミー〟は立ち上がり、レバーをひとつ外してバルカン砲を椅子に立てかけ、おれの前に立った。

「よく抜け抜けと来られたわね、喧嘩《けんか》別れしたもとの女房のところに?」

「おれが信じてるのは、おまえしかいないんだ。今も昔も」

おれは〝アーミー〟の身体を抱きしめた。

「嘘ばっかり」

近づけたおれの唇から、〝アーミー〟は顔をそむけた。

首の後ろから廻した腕で顔をねじ戻し、おれは厚目の唇に唇を重ねた。その気になれば、この女は左手一本でおれなどバラバラにできる。だが、いまはおれの言いなりだ。

固く結んだつもりの唇の間に舌先を這わすと、〝アーミー〟は自分から開いた。舌の分だけというのがこの女らしい。

思いきり挿しこんで〝アーミー〟の舌を絡《から》め取って引き出した。逆《さか》らうかと思ったが素直に従った。女はこうでなくちゃな。

右手が空いている。おれは〝アーミー〟の腰に置いた手をゆっくりと上へずらして、戦闘《コンバット》ベルトに達した。

「家にいるときもこんなもの付けてるのか」

おれは呆れて訊いた。舌は絡め合ったままだ。

「性分よ。だから、あなたとも別れなきゃならなかった」

「因果な性分だな」

おれは右手をベルトの前へ滑らせてレバーを外そうとしたが、〝アーミー〟はその手を押さえて、

「あたしでなくちゃ駄目」

とささやいた。普通に言ったつもりだろうが、声が嗄《かす》れてそう聞こえる。

戦闘ベルトには、アメリカン・ルガーの五〇口径〝ニトロ〟六連発と同じくＡＬ《アメリカン・ルガー》のＭ２０１１九ミリ一五連発オートがスリット・ホルスターに収まっている。〝ニトロ〟とは、象狩りライフル用のハイ・パワー弾丸〝ニトロ・エクスプレス〟並みの拳銃弾を使用しているという意味だ。

おれが見たときは、抜き射ち〇・六秒で五〇メートル先の一インチ（約二・五四センチ）鋼板を易々《やすやす》とぶち抜いていた。しかも弾頭に〈新宿〉式特殊処理が施されているため、弾丸は体内で拳大の大きさに拡張する。そんなもの食らったら人体など一発でバラバラだ。言うまでもないが、こんな代物《しろもの》は正《まさ》しく対化物用であって、人間相手はＡＬＭ２０１１が担当する。これも弾頭が要注意で、標的に命中した瞬間、衝撃によって硬化し、うすい鉄板など貫くくらいの貫通力を発揮しながら、体内に入ると軟化して変形。内臓に全エネルギーを放出して相手を仕留めるという寸法だ。

ただ、敵が複数重なっている場合、貫通力の強い弾丸なら一発で全員斃《たお》せるから、それ用のスチール貫通弾装塡《そうてん》銃はもう一挺《ちょう》、同じＭ２０１１が、腰の後ろに斜めに装着されている。

他に〝ニトロ〟弾一六発装塡済みの輪胴《シリンダ》――が三個とＭ２０１１用一五連弾倉《マガジン》が四本、及び万能金属斧、コンバット・ナイフとプラスチック手錠と記憶合金ワイヤ、通信器が加わるから、ベルトの重さは軽く二〇キロを超す。まるで筋トレ用具だ。確かに〝アーミー〟でなきゃ扱えない。

2

〝アーミー〟がベルトを外している間に、おれはブラを外して床に落とした。

二四歳で別れたときは九六あったが、五年たつとやや縮んで九四か。ま、愉《たの》しむには十分だ。

両手で揉みしだきながら、

「おれと別れてから何人と寝た?」

と訊いた。我ながら、イヤらしい声だ。

「――ざっと三〇人、いや四〇人くらいかな」

「満足したか?」

「駄目……よ。駄目……だった……。どいつも……こいつ……も……玉なし野郎……ばっか」

「そりゃ気の毒に。ま、向こうもおまえを満足させるには、鉄のチ〇ポが必要だ。何人かあの世へ行ったんじゃねえのか。おい?」

おれは右の乳首を咥《くわ》え、舌を使った。〝アーミー〟の全身が震え、呼吸が乱れはじめる。

「ああ……他の男じゃ絶対に……こんな風にゃならない……のに……どうして、あんたみたいな……大嘘つきに……」

おれは腹の中で笑った。

おれたちの両側には〝アーミー〟の仕事場兼住居が広がっている。

右側の防弾ガラスに覆われた〝仕事場〟には、拳銃、ライフル、バズーカ砲、レーザー砲、等の各種武器から手榴弾《しゆりゆうだん》、プラスチック爆弾、液体爆弾、電子地雷等の各種破壊兵器までが、ずらりと並び、防弾服や単座戦車、ミニ・ヘリ等の大道具、小道具も出番を待っている。

その奥は仮想現実《ヴァーチャル・リアリティ》機能付き擬似戦場だ。

〝アーミー〟こと緋文字洋子《ひもんじようこ》は、おれの元女房で、〈新宿〉一の女傭兵《ようへい》なのだ。

パンティの紐に手をかけると、〝アーミー〟は、

「駄目よ」

と押さえた。

「あんたとは二度としないと誓ったんだからね。それ以上やったら――」

おれの首すじに冷たいものが当てがわれた。

いつ、何処から抜いたのか、ナイフの切先に違いない。

だが、おれは構わず紐をほどいた。

「あ……」

最後の砦《とりで》が落ちた女の声だ。

おれの指は、本丸の中心を探り――たちまち到達した。

「ば、莫迦……」

〝アーミー〟はおれに全身を委《ゆだ》ねてきた。

「悪いな。近頃の結婚詐欺師はこれくらいサービスしないと、お客がつかないんだ」

「やめて……駄目……」

哀願にもかかわらず、おれは指を深く――とはいかなかった。

〝アーミー〟は息をひとつ吐いて、おれを押しのけたのだ。

「どうした?」

〝アーミー〟を見つめてから、おれはすぐ、背後のドアを向いた。

〝アーミー〟はそれを見つめているのだ。

「まさか、あいつらが?」

「来たようね」

「しかし――」

おれは右方のデスクの脇に並んだモニターの画面を見た。

下のドアの上から通りを映したのがひとつ。

ドアから階段を映したのが二つ目。

後は室内と別室だが、どれにもあいつらはいない。

それなのに、〝アーミー〟は来たと言う。

こういう場合、餅は餅屋だ。おれはあわてて周囲を見廻した。

「こいつら人間よ」

とモニターへ眼をやってから、〝アーミー〟は言った。

「だから、あたしの手で何とかなる——と思う。あんたはそっちの作業場へ隠れてて。助かりたかったら、あたしの指示以外のことはしないで」

「はいはいはいはい！」

おれは防弾ガラスに駆け寄ろうとして、足を止め、身を屈《かが》めた。

ブラジャーを差し出すと、〝アーミー〟はじろりとそれを眺めて受け取り、

「馬鹿」

と言った。

「別れのときもそう言ったよな」

おれが駆け寄ると、ガラスの扉が横へスライドした。

それが閉じる向こうで、〝アーミー〟はブラをデスクへ放り出し、素早く戦闘ベルトを拾って腰に巻く。

アーム・ガトリングを右腕に装着したとき、〝アーミー〟の表情が変わった。

理由はおれにもすぐわかった。

〝アーミー〟から三メートルばかり離れた空間に黒い穴が開いていた。

そこから流れる不気味な歌声は、おれの耳にも届いた。

そして、あいつらが姿を現わしたのである。

先頭の女二人が室内へ一歩踏み出したとき、〝アーミー〟が声をかけた。

「ストップしな」

右腕のガトリングは真っすぐ、女たちに向けられていた。

女たちは従った。〝アーミー〟が本気なのは誰にもわかる。

「戻れ」

と〝アーミー〟はつづけた。鋼の意志からできた

声音だ。

女たちは顔を見合わせた。無表情である。

その背後で人影が動いた。後がつかえているのだ。

押されるようにして前へ出た瞬間、おれは、

「やめろ！」

と叫んでいた。どっちへ？

叫びは銃声が打ち砕いた。

秒速六〇発――一分間に三六〇〇発の銃弾をひねり出すガトリング砲の猛射を浴びて、女たちは文字通り粉砕された。肉も骨も血の霧と化す。後ろの連中も同じだった。あの女も輿《こし》もそうなれと、おれは身を震わせながら考えた。

穴が閉じた。

「開けてくれ」

おれは両手でガラスをぶっ叩いた。

「ちょい待ち」

〝アーミー〟の声が何処かでした。当人は用心深くガトリングを構えたまま、床に散らばった血肉片へと近づき、片膝をついて人さし指に血の塊をこすり取った。匂いを嗅ぐまでは良かったが、しゃぶってみたのには驚いた。

それから立ち上がり、おれの方を向いた。

「どうだ？」

おれは額の汗を拭き拭き訊いた。

「どーもこうも。こいつら人間だと思ったけど――違うね」

「なにィ？」

「こんなに良くできた人形、あたしも見たことない」

「人形？」

頭の中で、その言葉が派手にとんぼを切った。

〝アーミー〟は血塊をすくって、おれの方に近づいてきた。

「ほら」

ガラスの向こうに突き出された手の平のものを、

おれは血圧がどん下がりになるのを感じながら見つめた。

すぐに上がった。

血はどう見てもペンキか何かだ。骨と肉は……何じゃこれは、ただのプラスチックじゃないか。人工筋肉や合成骨格を想像していたおれは、拍子抜けしてしまった。

「なんだ、大した連中じゃないな」

「あんたもボケたわねえ」

〝アーミー〟は軽蔑の鼻鳴らしをした。

「こんな品でこしらえたものが、ああ見えたのよ。よっぽど凄いテクが使われたと思わない？」

「そうか」

「色ボケ欲ボケ」

と〝アーミー〟はまた鼻を鳴らし、

「それに加えて、次元通路まで自由にできるらしいわ。あれで諦めるとは――」

〝アーミー〟の眼が、かっと見開かれた。

おれはふり向いた。

左方五メートルのところに黒い穴が開いていた。

「ヴァーチャルにしなさい！」

と〝アーミー〟が叫んだ。

おれにもその意味はわかった。

だが、うまくいくか？

考えてる場合じゃなかった。おれはダッシュで前方のコントロール・パネルへと走った。

稼動させるまで何事もなかった。

ひと息ついて、ふり向いた。

ずらりと並んでやがった。

屈強な男が四人と二〇人を超す女たち。男以外は絢爛《けんらん》たる和服姿だ。

その背後に、鳳凰《ほうおう》の姿を描いた屋形を持つ輿が黒々と鎮座している。輿にも人間――いや、人形どもにも傷ひとつない。

「洋子」

おれは絶叫した。

「来てくれ、洋子。こっちへ出やがった！」

眼の前で、女どもが左右に分かれた。

アップになった輿の扉が左右に開き、屋根が持ち上がる。

千也子の母――水王玉藻だった。市ヶ谷住いのブラウスにジーンズ姿だったらな、とおれは切に願った。

「ようやくお会いできましたわね、愛しい方」

玉藻は顔中を笑いに変えた。なんて美しい。そして何て不気味な。

「か、帰れ。おれには千也子という恋人がいるんだ」

笑顔が消えた。

「あの子にはあなたを渡しません」

と告げた声と顔は、異常に冷たく冴《さ》えていた。

「あなたは、私のもの。結婚を誓った仲ではありませんか」

「あ、あれは何かの間違いだ。おれ、どうかしてたんだ」

「まあ、何て言い草でしょう。では、何もかも出来心だったと仰っしゃるの？」

好き心だよと思ったが、さすがに訂正はできなかった。こう叫んだ。

「そう。そうだ！」

玉藻の形相がみるみる変わった。口が耳まで裂けて、かっと舌を吐き出した――ように見えたが、口も舌も普通サイズだった。

「よろしゅうございます。では、これを私の下へ置いて行かれたのも、単なるミスだと仰っしゃる？」

玉藻の下ろしていた右手は、前に立つ女の陰に隠れて良く見えなかった。

それが上がった。

アタッシェ・ケースを握ったまま。

「そ、それは!? か、返せ！」

「お断りいたします。これは結納としていただいておきます」

「冗談じゃねえ。それも間違いだ。おれは――」

「どうかしていた、でしょうか?」

「そそそ」

おれは三回うなずいて見せた。

「やはり、お返しできません」

玉藻は冷然と言い放った。

「そんなそんなそんな」

「私と一緒になれば、このような端金《はしたがね》など見向きもしなくなるような生活が待っておりますのに」

「悪いが、僕は都会っ子でね」

とおれは言い張った。

「東北の田舎《いなか》でなんか、どんなに豪華な生活が待っているとしても暮らせないな。婿《むこ》入りなんて真っ平だ」

「私はあなたと夫婦になる約束を交わしました」

玉藻はおれの血を凍らせるような声で言った。

「交わした以上、あなたにとってはお戯《たわむ》れでも、私には真実です。千也子が何を言おうと、あなたは私の夫でございます」

「だから、考え直してくれ。そんな夫婦が上手くいくわけねえだろ?」

「夫婦というのは不思議なものですわ」

玉藻は感慨深げに言った。よくそんな気分になれるな。

「最初は水と油でも、肌を合わせているうちに、この上ない組み合わせだとわかる場合もございます。私たちもきっとそうなりますわ」

なぜか血が沸騰した。

おれの隣りに誰かが立った。

〝アーミー〟だ。

「助かった」

おれは心の底から呻《うめ》いた。

「射て、殺せ、八つ裂きにしろ」

これも心の底からだ。

「どうなるかしらね」

〝アーミー〟の返事は、おれを青ざめさせた。

「とりあえず」

言うなり、〝アーミー〟のガトリング掃射が開始された。

男も女も輿もたちまちバラバラに崩れていく。高性能火薬の熱が引火したものか、着衣が火を噴いた。

「やったやったやった」

とび上がるおれの肩を押さえて着地させ、

「ごらん」

と〝アーミー〟は顎をしゃくった。

「何だ、これは？」

　バラバラの肉片や血や骨が、なぜ元に戻ってく？　なぜ砕けた頭蓋骨の内側に、とび散った脳味噌が収まり、心臓に動脈と静脈がくっついて、つながった骨格に肉や腱《けん》がへばりついていく？

射ち壊される前の姿に戻るまで、三秒とかからなかった。

「おい――どういうこった？」

おれはオロオロと〝アーミー〟を見つめた。

その首が、ころりと胴から離れた。

「ひえええええ」

不様なことに、おれはとびのいてとびのき損ね、床に尻餅をついてしまった。

「思ったとおりだ」

と誰かが床の上で言った。〝アーミー〟の生首が。

奇妙な変化が生じた。

おれは落ち着いてしまったのだ。恐怖が脳内を埋め尽くし、飽和状態に陥ってしまったと言えばいいか。

「洋子――生きてるのか？」

「そうらしい」

そう答えた首を、洋子の胴体が左手で拾い上げた。いつの間にこの女は不死身になってたんだ？

首を持ち上げた手が肘から切れた。

だが、これは床に落ちなかった。宙に留まったままの肘と生首を、おれはぼんやりと見つめた。

生首が宣言した。

「今度おかしな真似をしたら、この男を射つわよ」

首無し傭兵の右腕ガトリングが、ぴたりとおれをポイントした。

「や、やめろ」

「何ともおかしな世界だこと」

玉藻が感心したように言った。

「ひょっとして『仮想現実』とかいうものかしら。だとしたら」

首に冷たい水の輪が巻きついた。

次の瞬間、視界が横に傾き、一気に上昇した。

おれの首が胴から床へ落ちたのだと気づいたのは、どすんと転がってからだった。

痛みはない。

なのに、おれは確かに床の上から前方の光景を眺めているのだった。

おれは当然のことを考えた。すると胴体が身を屈めてそれをしてのけた。

おれは両手で持ち上げられ、切り口にぴたりと接着されたのだ。

一体全体、何事だ？

こう思った途端に、閃いた。

「そうか、これは仮想現実《ヴァーチャル・リアリティ》だな？　何もかも夢か？」

「ある部分はね」

と宙に浮かんだ〝アーミー〟の生首が言った。この女も本物かどうか。

「けど、ある部分は本物よ。あたしはこいつで擬似戦闘の訓練をするけど、今までに右腕と腎臓、左足の指二本を失《な》くしてるわ」

「おいおいおい」

「ただし、これは向こうも同じ」

〝アーミー〟は腰のベルトから手榴弾を外した。

ベルトのフックが点火ピンを抜き、安全桿《あんぜんかん》を弾きとばす。一秒待って、〝アーミー〟はそれを敵方に放った。

誰も逃げなかった。こいつらはやはり普通人じゃないのだ。それとも夢《ヴァーチャル》か。

轟《とど》きと炎が奴らと思考を呑みこんだ。〝アーミー〟が投げたのは、ただの破壊手榴弾ではなく、焼却弾だったのだ。

毒々しい三〇〇〇度の炎の中に、悶《もだ》え苦しむ人物が浮いている。熱波の直撃におれは顔を覆った。

だが――

眼を開けたとき、敵は平然と列を組んでおれたちを見つめていた。

「これじゃ堂々巡りだ」

おれは溜息をついた。

同時に炎がもう一度炸裂《さくれつ》した。

〝アーミー〟にのしかかられて床に伏したおれの下半身を灼熱《しゃくねつ》の衝撃波が打った。夢中で叫んだ。

「何だ、これは?」

「本物の爆発よ。夢の素《もと》」

苦しげに言って、しかし、〝アーミー〟はすぐおれから離れた。

驚いた。

背中が煙を噴いている。この女は素肌で三〇〇〇度の爆風からおれを守ったのだ。

「大丈夫か?」

抱き起こそうとする腕を押しのけて、〝アーミー〟は立ち上がった。

「皮膚も髪の毛も防禦《ぼうぎょ》皮膜で覆ってあるのよ。とりあえず消えたわね」

成程、なおも荒れ狂う火と黒煙の残滓《ざんし》の中に、敵の姿はなかった。大量の灰と炭化した塊が床を埋めている。

「どうなってんだ、一体?」

「人形が焼けただけよ」

〝アーミー〟は手で煙を払いながら灰のところへ行って、戦闘長靴《コンバット・ブーツ》で蹴り散らした。

「あの女も人形か?」

「あれは――」

言いかけて、色っぽい唇が言葉を呑みこんだ。

その首が、それこそ人形みたいにころりと落ちるのを、おれは呆然と眺めていた。

足下まで転がってきたのは、間違いなく凄まじい死相を刻んだ〝アーミー〟の生首だった。夢じゃない。本物だ。

なのに、どうして血が出ない？

おれは奥のあった空間へ顔を向け、

「おまえの仕業か、玉藻？」

と怒号した。

「あんたの家族や周りの人間が」

蛇骨婆あの声が耳の奥に甦《よみがえ》った。

「死ぬより恐ろしい目に遭うよ」

もう逃げられない。

おれはあの女に永久に付きまとわれるのだ。

絶望に苛《さいな》まれながら、おれは警察に電話してから〝アーミー〟の家を出た。

何処へ行きゃあいい？

3

わからない。こんな状態ははじめてだ。

タクシーを拾って、気がつくと何処ともわからない町並みの中にいた。

「ん？」

右方に並ぶ貸ビルの二階に貼りつけられたどでかい看板の文字が、おれの眼を引いた。

矢島俊一《やじましゆんいち》結婚相談所
端ににやけた二枚目面《づら》が登場してるのは、どういう神経だ。

ぷっ。チョビ髭《ひげ》まで生やしてやがる。昔いた漫画家の馬場《ばば》なんとかだ。

男から見りゃ一発でペテン師とわかるイカサマ野郎が、何とか相談所の所長となると、救いを求める女どもが群がる——女がアホとしか思えなくなるのは、こんなときだ。

ひとつ、ペテンにかかる女を救ってやらなくちゃな。

半ばヤケだったのかもしれない。おれはそのビルへ入り、看板と同じ文字が書いてある一階のドアをノックした。

「お入り下さい」

頭上から甘っちょろい、ショート・ケーキみたいな男の声がした。

「どーもー」

ドアを開けて、おれは眼を剝いた。

かなり広い待合室のソファに、中年女どもが鈴なりだ。

辛気臭い面が一斉におれをふり返り、奇異な表情を浮かべた。男なんて珍しいのだろう。

「こちらで手続きをお願いします」

小さな受付の方から、女の声がした。

ただし、声の主は円筒に手足みたいなもんがくっついたアンドロイド・ガイドだった。

「うるせーぞ。へぼメカ」

おれはポケットから、〝アーミー〟の家で見つけた缶コーヒーを取り出し、中身を受付嬢の頭から浴びせかけてやった。

ここの所長と同じ安物だったのだろう。アンドロイドはたちまち火花と煙を噴き出し、大人しくなった。

「ちょっと、あなた、何なさるの？」

女の金切り声が背を打った。

おれはふり向いて哀れな女たちと相対した。

どの顔も血相を変えている。

「いえね、このイカサマ相談所の前を通りかかりまして、これはひとつみなさんを救済しなくてはならないと使命感に燃えたのです」

「余計なお世話よ」

「そうよ。ここの所長さんのところに来れば間違いないわ」

「そうよ」

「そーよ」

合唱しはじめた女たちへ、おれは不思議そうな顔で、

「間違いないって、どうしてわかるんだい？　間違いないのに、どうしてまた来たの？」

と訊いた。

「違うわよ。あたしは一回目よ。他の人からそう聞いたの」

「ああたしは三回目だけどさ、はじめの二回はちゃあんと相手を紹介してくれたのよ。破局しちゃったけど、それは矢島先生のせいじゃないわ」

「ほお。その破局てのは、どっちも相手から言い出したんだろ？」

「そ」

「そして、ある日、君名義の通帳とカードごと姿を消していた」

「ざーんねんでした」

と別の女が声を張り上げた。

「あたしなんか一〇人も紹介してもらって全員と別れたけど、みんなビタ一文いらないって出てったわよ。友だちに訊いたら、他の家じゃ土地の権利書から、ハンカチ一枚まで要求して、断ると裁判に訴えたそうよ。矢島先生をそんな連中と一緒にしないで下さい」

またも上がった。

「そうよ」

「そうよ」

「そうよ」

「まあまあ」

とおれは両手を上げて制し、

「その矢島とかいうペテ――いや所長さんは、生涯の伴侶を約束してくれたんじゃないのかね？」

急に女たちのトーンが落ちた。

「そ、そうね」

「たかがひと月ふた月で別れる生涯の伴侶ってな、どんな奴だい？」

「ひと月ふた月じゃないわよ、二、三日でーす」

「なお悪い。いいか――」

と先に進みかけ、おれは別の最も大事な質問を思い出した。

「みなさん、ここに幾ら払いました？」

みなの返事を聞くたびに、おれは気が遠くなった。

「そんな。あんたたち、千万単位の料金なんて、もう寄付だよ。それで逃げるとき金品は放っておくわけか。知能犯め」

おれは激しく鼓動する心臓を抑え、咳払いをひとつすると、

「みなさん」

と改めて静かに話しかけた。

一〇分ほどして、奥のドアが開き、中年女と――矢島が現われた。

待合室をひと目見て、もう六〇を過ぎた変態二枚目面が、驚愕の相に化けた。

「な、なんだこれは？　男がひとりじゃないか⁉

お客はどこへ行ったんだ？」

「悪いな。みんなおれと結婚することになったよ」

おれはニヤニヤ笑いながら、呆然と立つ女の方にウインクしてみせた。

「貴様――誰に頼まれた？」

矢島のおれに対する第一声はこれだ。やはりライバルは多いらしい。

「山田《やまだ》と鈴木《すずき》さ」

勿論、口から出まかせだ。

「やっぱり、あいつらか⁉」

と叫んだのには驚いた。

「もう許さん。必ずぶち殺してくれる。だが、その前に」

高価そうなスーツの懐《ふところ》へ右手が吸いこまれる

や、小さな銃を抜いて戻った。

レンズを嵌めこんだ銃口がこちらを向いた瞬間、おれは床へとび、女が悲鳴を上げた。

真紅の光条がおれのかけていたソファを炎で包んだからだ。

おれは唇を噛んでいた。

あんな小型のレーザー兵器があったとは。

「やめて」

すがりつく女を撥《は》ねのけて、矢島はおれに武器を向けた。

そのとき、玄関のドアが開いて、長身の影を吐き出した。

「それは護身用だぜ」

聞き覚えのある声だ、と気づく前に、おれは絶叫していた。

「――ギリス⁉」

第五章　案外、小物なやつ

1

「おやまあ」

ギリスもおれに気づいて驚きの表情をこしらえた。

「妙なところで会うなあ。何してるんだ?」

おれは返事をする前に、矢島に射たれるんじゃないかと気が気じゃなかったが、ペテン師はレーザーの銃口をおれに向けたまま突っ立ってるばかりだ。

おれは早速指さし、

「この前を通りかかったら、ペテン師丸出しの広告が出てる。天誅《てんちゆう》を加えてやろうと乗り込んだってわけだ」

「余計な真似《まね》してくれるなあ」

ギリスはうんざりしたような視線をおれに向けた。

「何だ、そりゃ。心外だ。おれの行動は正義に基《もと》づいてる」

「正義か、セイギか、せいぎか、性技。どれを取ってもロクなもンじゃねえよ」

ギリスは面白くもなさそうに言うと、

「おい、狙え」

と矢島に命じた。

「な、何をする⁉」

血も凍ったおれの眉間《みけん》をレーザーの小さな銃口がぴたりとポイントし——

——その手首をギリスが摑むや、あっさりと肩から引っこ抜いてしまった。

スポン、という音がした。

「なななななな」

「何でもないね。こういうことさ」

レーザーを握ったままの片腕をふり上げ、矢島の頭頂にふり下ろした。

ぽくんと景気の悪い音がして、矢島の身体は、丸めたボール紙とスーツの型紙に化けちまった。

「ななな」

「こいつはおれが作ったのさ」

とギリスは、どこか無常感の漂《ただよ》う声で言った。

「どうも近頃、不景気でな。で、小金持ちで暇だらけのオバさんたちをたぶらかして、ミセス貢《みつぐ》にさせる方法を思いついたんだ。人生を語るハンサムなエリートなんざ、中年座敷豚どもの夢よもう一度だからな」

「おまえ、凄いことゆーな」

ギリスの真実の暴き方に、おれは呆《あき》れ返った。

「苦労して結婚相談所まで作ったのに、よりによって、あんたに営業妨害されるとは思わなかったぜ。恩を仇《あだ》で返す趣味があるのか、え?」

「そんなものはないよ」

おれはへどもどしながら答えた。

「しかし、あんた、かなり派手な商売してるじゃないか。もう少し手際良くやれば、ひと儲《もう》けできるんじゃないのか?」

「おれもそう思うんだが、いざとなるとダメなんだなあ。あと一歩のとこでみな奈落へ落っこちちまうんだ」

「ふーむ。根本的な問題があるんだろうな」

「そうらしい」

「とりあえず、おれは出てくぞ。外でここのお客さんたちが待ってるからな」

ギリスは眉を寄せたきり何も言わなかった。矢島目当てに押しかけてた主婦どもは、みなおれのトークで寝返っちまった。矢島へこれから貢ぐ金を、おれに廻すよう説得するのは、簡単な技術だった。

「じゃ、な」

おれは部屋を出て、ついでにビルも出た。

ビルの前で、オバんどもが熱い視線を突き刺してきた。

「やあ、どーもどーも」

おれは来日した映画スターみたいに、手をふりながら近づき、

「あなたたちをたぶらかそうとした元凶は消えました。安心して下すって結構です。後は私の振込先に――」

にこにこと、欲情さえたぎらせておれを見つめていた女どもの表情が、突然変わった。

マジックで眼鼻をつけたボール紙の筒に化けるや、あっという間に地べたに散らばってしまったではないか。服はすべて型紙だ。

「なななな」

「悪いな、これもおれがこさえた操り人形だ。本物の有閑《ゆうかん》白豚マダムを引っかけるサクラさ」

背後でギリスの声がした。

おれは、惨憺《さんたん》たるボール紙の土地を指さして、

「これだけサクラこさえて何人引っかかった？」

と訊《き》いた。

「ひとりも」

「何の役にも立たないのか⁉」

呆れ返った。

「これだけの数をこしらえて成果がゼロって、只働《ただ》きの行き着くところだろ。あんた、誰かに呪われてるんじゃないのか？」

「ああ、きっとそのとおりだよ！」

ギリスもやけになって返した。

その顔を見ているうちに、おれの頭の中に稲妻が閃《ひらめ》いた。

「新しい世界で生きる気はないか？」

と訊いてみた。

「何だそりゃ？」

口調は怪訝《けげん》で一杯だが、眼が笑っている。野心家の眼ってやつだ。だが、眼だけじゃ猫の尻尾《しっぽ》も動かせないのが世の中だ。

「おれの用心棒になれ」

「あんたの？　ぷーっ」

いきなり吹き出した。

「何がおかしい？」

「前に助けてやったのを忘れたか？　その礼もでき

ねえヤツが、おれを雇う？　笑わせるな」

「金はある。払いたくないだけだ」

おれは胸を張った。

「それに、いま手元になくても、そうだな、ちょっと待ってろ」

おれはさっきから眼に入っていたちっぽけな――まだ残っていたのが奇蹟《きせき》に近い煙草《たばこ》屋に歩いていった。

五分後に戻ってきたおれの差し出したものを見て、ギリスは眼を剝《む》いた。

「金じゃねえか」

「一〇〇万ある。煙草屋の婆さんのタンス貯金だ」

「てめえは鬼か？　返してこい」

「経済効率地域の地の底男が、えらそうな口きくなよ。おまえはあれだけ無駄なでく人形こさえて一円も稼《かせ》ぐことができなかった。おれは元手なし、たった五分で一〇〇万だ。金儲けをする気なら、おれの仕事をして損はないぞ」


「是非、雇ってくれ」

いきなり一八〇度変わったので、おれは仰天《ぎょうてん》した。こいつにはプライドとか自分とかいうものがないのか。

「よし。じゃあ細かいことを説明する。おまえの家へ行こう」

「あんたまだ誰かに追いかけられてるんだな？」

ギリスはにやりと唇を歪《ゆが》めた。

「それで、用心棒が要《い》るのか？　おい、給料《ギャラ》は高いぞ」

「やかましい、この貧乏人。人の足元見てる場合か。自分の老後を考えろ」

「むむむ」

と唸《うな》って、ギリスは沈黙した。ざまあみろ。

「で、幾《いく》ら出す？」

きしるような声だ。

おれは具体的数字を口にした。ギリスはすぐ喚《わめ》いた。

「ふざけるな。用心棒ゲームしてんじゃねえぞ。最低でもこれだな」

　今度はおれが嘲笑した。

「何だ、これは？　アメリカ大統領のＳ・Ｓ《シークレットサービス》の年間収入か？　最初の数字で嫌ならやめろ」

　ギリスは怒りで身を震わせた。ここが肝心《かんじん》なところだ。

「さあ、どうする？」

　おれは勝ち誇った。

　念仏じみた歌声が通りをやってきたのは、そのときだ。

　東北《みちのく》の面貌《かんばせ》　恋しからずや
　夫《つま》どの　何処《いずこ》にておわす
　我ら　宴《うたげ》を止めず
　夫どのの下へと参るべし

　わわわ。ここまで来たか!?

　おれはギリスの袖をつかんで喚いた。

「いい行くぞ」

「ご免だね」

　ギリスは勝ち誇った。腕組みしてやがる。

「まだ交渉中だぜ。ビジネスだよ、ビジネス」

「貴様あ——ええい、これでどうだ？」

　おれは新しい数字を口にした。ギリスはケラケラと笑った。

「何だこりゃ？　ネズミが荷車を引いた報酬か？　こんな目腐れ金で人を雇うだの、世迷い言をぬかすんじゃねえよ」

　歌声ばかりじゃなかった。おれの眼は通りの向こうから形を整えつつある人の列を映していた。

「わかった。さっきの額でいい」

「状況が変わったしなあ」

　ふんぞり返りやがった。

「い、幾ら欲しい？」

　ギリスが口にした金額は、さっきの倍だった。

夫どの　何処におわす

「わかった。払う」

叫ぶと同時に、おれは右手を掴まれ、

「こっちだ」

と、少し離れた路傍にパークしてあるおかしな改造車に引っ張りこまれた。

「シートベルトをしろ！」

叫ぶや、ギリスは車をスタートさせた。

「ん？」

「どうした？」

「エンジンがスタートしねえんだ。そか、イグニションの具合がおかしかったからな」

「ど、どうする？」

「ちょっと待て」

のこのこと車を降りたので、おれは仰天した。

背後の行列まではもう三〇メートルもない。


ああ、あの輿《こし》の扉に、「鳳凰《ほうおう》」の絵がくっきりと。

イグニション・キイの故障だというのに、後ろのトランクをガタガタやり出したギリスへ、

「逃げるぞ！」

ドアノブを掴んだとき、

「何しとんの？」

ウインドウから、いきなり制服警官の顔が現われた。後ろのもうひとりは、腰のマグナム・ガンに片手をかけている。

「いや、あの」

「ここ――駐車違反だよ。ね？」

中年のお巡りはニヤニヤしながら、嫌みったらしく言った。こいつ、行列の一員じゃないのか。

しかし、おれはピンと来た。官憲は市民に利用されるために存在しているのだ。

「助けて下さい。化物に追われてるんです」

〈区外〉なら、即病院送りだが、〈新宿〉では切実な問題として通用する。

警官たちは、おれが指さす方を見て、

「そりゃあ困るなあ」

とうなずき合った。行列の後ろからクラクションの音が上がっている。交通妨害だ。

「おれが注意してくらあ」

と後ろのお巡りが、右手はそのまま、行列の方へと小走りに向かった。

通行中の車に片手をふって通りを行列の方へと進む。

すでに四、五台が行列の手前にストップ中だ。おっ、トラックからタフそうな運ちゃんが降りたぞ。やっちまえ。

「よしなよ」

走り寄る警官がそう声をかけたとき、運ちゃんは先頭の坊主頭《ぼうず》と言い合いをはじめていたが、いきなり、その首が落ちた。

「へ？」

思わず口を衝《つ》いてしまった。

首無し運ちゃんが倒れても、血は一滴も出なかった。警官がちょっと立ち止まったきり、何もしなかったのはそのせいだろう。人間の首が取れたとは思えなかったのだ。

行列に一番近い乗用車が急速にバックし、後ろのコンクリート・ミキサーに激突した。あわてた警官が、坊主頭に拳銃を向けた。容疑だけで逮捕――どころか射殺できるのがこの街だ。

銃声が上がった。

坊主頭がのけぞると同時に、警官の首は落ちた。

「おい」

とおれのそばの警官がつぶやき、

「何だ、ありゃ？」

といつの間にかそっちを向いていたギリスが呻《うめ》いた。

「見てのとおりだ。逃げろ」

バックを強行する車の激突音が次々に上がり、行列が近づいてきた。

「どうしたもンかのお」

と警官は腕を組み、ギリスはまたトランクに首を突っこんだ。事態を理解してないとしか思えん。

「よし」

ギリスが行列を向き直った。

片手にハンドルが付いた小さな箱を握っている。右手でハンドルを凄まじい勢いで廻すと、またもおかしな光景が出現した。

なんと、歩道に散らばっていたボール紙の人体部品が、みるみる集合し形を整え、まともな人体に、いや、あのオバんどもに化けたではないか。

「君らの愛する矢島先生は、あの輿に乗っている。行けえ！」

ギリスの号令一下、オバんたちは猛スピードで通りにとび出し、行列に駆け寄った。

2

「矢島先生〜」

「もう一度、抱いてえ」

「幾らでも払いますう〜」

どう逆立《さかだ》ちしても、当人に合わない内容を喚き散らしながら、行列の先頭であの坊主に激突した。射たれたはずなのに、眉間に射入孔が開いているのに、坊主頭はどけという風に右手をふった。

「あら、何よ、その態度？」

「あんた矢島先生のお知り合い？」

「先生に抱かれたことあんの？」

「どきなさいよ、禿《はげ》」

オバんたちの首がころころ落ちたのを、おれは走り出した車のリア・ウインドウ越しに眺めた。

「あのオバさんたち、一体どうなってるんだ？」

おれの冷汗まみれの問いに、ハンドルを握ったギ

リスは、

「あいつらはみんな一本の糸で縫われてる。バラバラになっても糸が切れなきゃ、何度でも組み立てられるのさ」

「新しいのもすぐ作れるのか？」

「材料さえありゃあな」

「この〈区〉を丸ごとあいつらで埋めてしまえ」

ギリスの眼が、不気味な光を帯《お》びたが、彼は黙ってハンドルを操り、広かったり狭かったりする通りを走りつづけた。

その間に、おれはあらゆる事情を丸ごと話した。

「これで、行列は秘密を知ったおまえも消そうとするだろう。おれを助けるしかないわけだ」

どうだ、と笑いかけるおれを迎えたのは、緊張に石と化したギリスの表情だった。

「〝アーミー〟ならおれも知ってる。何なくあいつの首を落としたとなると、とんでもない連中が相手だぞ。大体、東北《みちのく》の妖《あや》かしは手強《てごわ》いんだ」

「そんなことおまえに言われなくても、きのうからわかってる。ちゃんとガードしろよ」

「断っとくが、あいつらは何処《どこ》までも追ってくるぞ。連中は粘り強いんだ。一生逃げ廻るつもりか？」

「じゃ、どうしたらいい？」

「先手を打つんだな。殺《や》られる前に殺れ」

「それだ！」

おれは両手を打ち合わせた。

「グーだ。採用。あいつらを始末しろ。特別ボーナスを出すぞ」

「幾らだ？」

「これくらい」

「話にならねえ。それで殺しができるか？」

「じゃあ？」

「これくらいだな」

「一〇倍じゃないか。誰が払うもんか、べー」

「それじゃ、死ぬのを待つんだな」

「他の手を探そう。格安の殺し屋を知らんか？」

「この街にゃ、そんな連中幾らでもいるぜ。〈歌舞伎町〉に行きゃ、〈立ちんぼ〉や一〇〇〇円殺し屋が幾らでも見つかるし。二、三人で営業してる小グループから、ヘリや戦術核まで装備してる殺し屋グループもある。何なら話をつけてやろう。手数料はばっちり頂くがよ」

「このハイエナ野郎め」

おれはギリスが舌舐めずりするのを見た。金ヅルを見つけた合図に違いない。

見覚えのある通りが現われた。〈外苑《がいえん》東通り〉。左方に見えるのは、建て直された〈東京女子医大〉だ。

ギリスの車は猛烈なスピードでその一角へ吸いこまれた。

この辺は最近〈第二級安全地帯〉に昇格したばかりで、まだ油断がならない。横丁や廃ビルの闇の中には、物騒な連中がうろちょろしているのだ。


ギリスの家は、驚くほど瀟洒《しょうしゃ》なガレージ付きの一軒家であった。

周りの比較的新しい建売りに比べても、ずっと新品で金がかかっている。

しかも——

「お帰りなさいませ」

玄関でおれたちを迎えたのは、おれが内心——一〇〇年にひとりの鴨《かも》だ、と絶叫したほどの、和服美女だった。

後のことを考えずにとりあえず口説《くど》き落とす相手というのは、平凡な顔立ちの女がいい。極端な美人やブスは、さんざん言い寄られ、罵《ののし》られて、他人に対するガードが鉄壁と化しているからだ。

「あら、あたしも満更《まんざら》」

「口説かれてもおかしくないわよね」

くらいに納得してくれるのがベストなのである。

以前、ひとりだけ例外がいた。

韓国の男優が気まぐれに〈〝魔界都市〟訪問ライ

ブ〉とかいうのをやらかしたとき、身の程知らずの中年女どもがどっと押し寄せた。予約なし、当日券のみの一日ライブだったから、会場の元〈新宿コマ劇場〉前には行列ができた。おれも中にいた。こういうときは入れ食いなのだ。

で、周りのOLから専業主婦まで片っ端から口説いて小遣いをせびっていたら、見たこともないでぶが、何故あたしを口説かないのよ、とおれの逆を取った。

「あたしみたいないい女を口説かないって、おかしいじゃない」

うがが、とドラミングする女なんて真《ま》っ平《ぴら》だと思ったが、腕を折られちゃ敵《かな》わない。

「済みません。あなたみたいな素敵なグラマーを見落としていたのは僕の生涯のミスです」

とか誤魔《ごま》化《か》した。誤魔化す以上は尻の毛まで抜いてやろうかと思ったが、このでぶは、

「わかればいいのよ、フン」

と姿を消してしまった。恐ろしい一夜だった。こういう自分だけが世の中と思っている女には、どんな口説きも効果がない。後に、〈新宿〉一の女情報屋と聞いたが、怖くて確かめてはいない。悪縁が付きそうだからだ。

「こちらは鷺尾さん——結婚サ——サービスセンターにお勤めだ。今日からスポンサーになってくれる」

ギリスの紹介も、

「まあ、嬉しい。いらっしゃいませ」

玉《ぎょく》盤《ばん》に真珠が落ちるというのはこれか、と思わせる美声も、おれは聞いていなかった。

「ヘルパーの渚《なぎさ》たえさんだ」

と紹介された途端、正気に戻った。なんて素晴らしい名前だ。これは毟《むし》り甲斐《がい》がある。

「こちらへ」

おれは居間へ通された。

五〇畳もある上に、眼を剝《む》くような家具調度が並

んでいる。照明など、超一流ホテルでも見たことがないシャンデリアがかがやきを振りまいている。

「凄い家だな」

おれは大理石のテーブルをはさんで腰を下ろしたギリスに言った。

「おまえ、セコいバイトなんかしなくていいんじゃないのか？　あんな美人のヘルパーさんもいるし」

この場合のヘルパーは介護士じゃなくて家政婦の意味だ。

ふっふっふ。

気がつくと、ギリスの笑いだった。

「何がおかしい？」

「人間、経験からは学べねーもんだなと思ってな」

「あン？」

ギリスはテーブルの上のリモコンを取って、奥の暖炉のそばにある3Dプラットホームに向けた。

見覚えのあるニュース・キャスターが、何かしゃべりはじめた。

「どうだ？」

と訊かれた。

「どうって、何が？」

さっぱりわからない。

ギリスは、ケケケと笑って、

「まあ、いい。それより、あんたを追っかけてる奴らの件だが、腕のいい殺し屋を紹介しよう。当人は傭兵と言ってるが、もとは〝搬送マフィア〟のトップ・キラーだった」

搬送マフィアというのは、〈区〉の〝禁輪品〟を不法に〈区外〉へ搬送する暴力組織だ。〈新宿警察〉も躍起《やっき》になってつぶそうとしているが、一説によるとアジトが一〇〇以上あり、しかも、つぶされるたびに新品が出来るとか。〝禁輪品〟の横流しルートが解明できればいいのだが、これがうまくいかず、〈新宿警察〉も歯を剥いているらしい。暴力団どころか犯罪シンジケートも青くなる超組織にも意外な弱点があるものだ。真っ向勝負なら一歩も譲らないが、小技は苦手らしい。

マフィアのほうにも熱血タイプがいて、〈新宿警察〉何するものぞとガチンコの射ち合いも辞さない場合がある。交番が襲われるのはまだしも、所轄署まで殴り込みを、となると、ただの鉄砲玉じゃ済まなくなる。〈新宿警察〉顔負けの訓練を積んだ殺し屋の仕業だ。ギリスはそういう連中と付き合いがあり、トップ・クラスの殺し屋を紹介するという。

おれはすぐ決断した。

「よろしく頼む」

「まかしとけ。連絡してこよう」

ギリスは立ち上がり、部屋を出ていった。聞かれたくない話もあるのだろう。

そこへ、たえさんが飲みものを運んできた。

コーヒーかと思ったが、ミルク・カップに黒い液体が入っている。

勧《すす》められ、ひと口飲《や》って、おれは、

「美味《うま》い！」

とび上がった。

「お気に召しまして？」

「勿論《もちろん》です。こんな味ははじめてだ。何処《どこ》の豆ですか？」

「豆ではありません。体脂肪です」

「脂肪？――何のです？」

後半は恐る恐るになった。

「アフリカ・ケニア・ミミズのでございます」

「ケニアのミミズですか？」

「左様でございます」

化物を扱いながら、この女性《ひと》の微笑《ほほえ》みは、どうしてこんなにも上品なのだろう。

おれは感服した。

「ミミズも美味《おい》しいですね」

「お気に召したようでうれしいですわ」

はかなげな笑顔とミミズとの関係をどう考えたらいいのかわからず、おれはじっと黒い液面を見つめた。

いきなり、柔らかい頬がおれのに貼りついた。仰天したところへ、

「結婚サービスって、どんなことなさるの？」

声まではかなげだ。あのでぶと同じ人間とは死んでも思えない。

「あ、ああ。独身の男性と女性を結びつけるのが仕事です」

「あら、だったらあたしも、お仕事してもらおうかしら」

「え？」

見上げるおれの眼の中に、たえさんの顔がパノラマみたいに広がった。

「いないんです、彼が」

「そんなあ。冗談でしょ」

「もう一〇年も」

信じられなかった。こんないい女が、一〇年も独身だ？

突然、忘れかけていたものが、おれの心臓に強心剤をぶちこんだ。

これぞ、おれの十八番《おはこ》じゃないか。

おれは、たえさんの美貌をじっと覗きこみ、その手を握りしめた。

「いやだ。困ります」

そっと外そうとするのへ、力をこめて、

「わかりました。あなたの相手は必ず見つけて差し上げます」

と力強く言った。

「あら、嬉しいこと」

白い頬が紅《あか》く染まった。くう。こたえられん。ここで決めるぞ。

「いいえ、もう見つかりました」

「え？」

たえさんは片手を頬に当てて、眉をひそめた。

おれはそっちの手も摑んで彼女の顔をリアルに見つめた。

「あの……」

「もうおわかりですよね？　僕です」

「……でも、あの……いま会ったばかり……」

「時間が問題ですか？　あなたを好きになったのは、お目にかかった瞬間です。一年前からでなくては、愛してはいけませんか？」

「あの、あたしは、何も……」

おれは握りしめた手に力を加えて引き寄せた。ここがポイントだ。まだ現実＝自分がわかっていない女どもは早いとこ眠らせてしまうべきなのだ。そうすれば夢が見られる。十中八九薔薇《ばら》色の夢が。

「とりあえず自分の胸の中は忘れて、僕の話だけ聞いて下さい。あなたの耳はそのためにそこにあるのです」

「そ、そうでしょうか？」

と耳のほうへ持っていきたがるのをまた引き戻して。

「疑ってはいけません。考えてもいけない。黙ってお聞きなさい」

「でも、あの」

「黙って」

ピーと鳴った。

「え？」

「やっぱり！」

たえさんはおれの手をふり払って、やってきた戸口の方へと走り出した。

「何です⁉」

「あの——お鍋が火にかけっ放しで」

たえさんを呑みこんだ戸口を呆然と見つめるおれの前に、まさにそこから細長い人影が虫みたいに現われた。

ギリスだった。

「ケッケッケェ。振られたようだな、ボス。女なら誰でも自分に惚れるなんて思うと火傷《やけど》するぜ」

「やかましい、雇い人がでかい面《つら》するな」

「その雇い人が話を通してきてやったぜ。〝アーミー〟以上の殺し屋にな」

3

岩のような未練はあったが、とりあえずは生命が惜しい。おれはふたたびギリスのおかしな車に乗りこみ、殺し屋との談合地点に向かった。

玄関でたえさんがこちらを見つめ、そっと頭を下げた。お辞儀する女なんて一〇年以上見た覚えがない。

「諦めろ。高嶺《たかね》の花だぜ」

とギリスが言ったのは、周りの光景がすっかり変わってからだった。長いこと眺めていたらしい。

「あの人はどういう人なんだ?」

「知らねえな。〈区〉の『補助課』から紹介してもらったんだ。何でも、〈魔震〉の前までは、いいとこのお嬢ちゃんだったらしいぜ。育ちが抜群なのはわかるよな?」

「ああ」

「〈魔震〉は色んな人間の運命を変えちまった。彼女もそのひとりさ」

ギリスの声には、おれが驚くほどのある感情がゆれていた。おれは黙って窓の外の光景を眺めた。〈魔界都市〉の街並みは消え、荒涼たる廃墟《はいきょ》がとって変わった。〈魔震〉の凶牙が降りかかるまで、そこにはひとつひとつの平凡な生活があったのだ。

何もかも変わってしまった。

たえさんも、おれも。ギリスだってそうかもしれない。


車を近くの廃墟に止めて、ギリスが歩いたのは、〈西早稲田〉の廃墟に建つ「西早稲田ビル」だった。半分崩れかかってるが、前の通りにも、隣りのビルにも人の影はある。

殆《ほとん》どの廃墟は、鉄条網で囲まれ、ホームレスや妖物くらいしかもぐりこむ連中もいないが、〈第一級安全地帯〉に該当するところともなると、許可なしで入りこみ、勝手に暮らしたり、オフィス、アジトとして使用する連中もいる。

現に、「西早稲田ビル」、全五階のうち一階から三階までは、通りに面した窓に、

「株式会社・爆弾」

「クラブ・はらっぱ」

「撤去作業・安達《あだち》」

とペンキや赤いガムテープが貼りつけてあった。

上の二階分は周囲に瓦礫《がれき》と化して積み重なっているくせに、ビル自体は妙にでかい。もとはそれなりの建物だったのかもしれない。

エレベーターもあった。

正確には簡単な手すりで囲んだだけのリフトだ。取り得はビルに合わせたサイズで、ゆったり二〇人は乗れる。

目的地は三階の「撤去作業・安達」だった。

丸々ワンフロアのぶち抜きを、簡易壁板《かべいた》で覆《おお》った普通サイズのオフィスで、中肉中背の平凡なスーツ姿が、おれたちを迎えた。リフトを降りたときから感じていた獣の体臭に似た臭いが、ひときわ強くなった。

一歩間違えば、社長より経理と間違われかねない地味な顔立ちであり雰囲気の老人であった。

「安達でございます」

腰に手を当てて深々と頭を下げる姿を見て、おれは不安になった。今まで付き合った闇世界の連中とは、あまりにも違いすぎる。

小声で、

「おれの用件、わかってるよな？」

念を押した。

「ああ。よく聞こえたぜ」

「――どこが殺し屋だ？　中小企業の経理のおっさんじゃないか？」

「結婚詐欺師のくせに、人を見る目がねえな」

ギリスは普通の姿勢に戻った安達へ、

「そちらは、あんたの見てくれが不安なんだそう

だ。安心させてやってもらえないか？」

馬鹿、と思ったが、安達は気にした風もなく、

「ごもっとも。みなさんそう仰っしゃいます。ご安心下さい。今すぐ当社の営業能力をお見せいたしましょう。鷹美山《たかみやま》くん、小西木《こにしき》くん、こっちへ」

と壁の向こうへ声をかけた。

すると壁が、接触している壁面に沿ってスライドし、隙間から二つの人影が現われた。

どちらも社長以上に地味なスーツ姿に身を固め、アタッシエ・ケースをぶら下げている。安達を加えれば、立派な中小サラリーマン軍団だ。

「うちの営業です。私が直々《じきじき》に仕込みまして、それぞれ同業者一〇〇人分の働きをいたします」

「あのお、ビルとか家とかじゃなくて、化物相手なんだけど」

つい言ってしまった。

「伺っておりますとも」

安達の笑みはさらに深くなった。二人の方を向いて、

「お見せしたまえ」

柔らかい声で言った。

「承知いたしました」

とうなずき、鷹美山と呼ばれたほうが左手を前に出した。リモコンでも握っていたらしい。仕切り壁はさらにスライドして、向こう側に置かれた鉄の檻《おり》を露《あら》わにした。

こいつの臭いか⁉ と納得したが、檻の中にいる獣の姿を見て驚いた。

全裸の女——それも若い美女だ。膝を抱えて俯《うつむ》いていても、その乳首や尻の量感は十分に伝わってくる。おれは生唾を呑みこんだ。

女はすぐに顔を上げた。野性味たっぷりの美貌が、営業たちをねめつけた。

「壁を取るぞ」

鷹美山が伝えた。

こっち向きの鉄格子が、がちゃりと音をたてて開

いた。

女はしばらくそのままでいたが、数秒――ゆっくりと、地を這うような形で檻から出てきた。四つん這いである。

「彼女はシベリアのタイガで、国連の野生動物保護部隊が見つけたが、どういう理由か裏世界へ流れて、私の下に辿《たど》り着いたのです。人間ではありませんが――と言いたいところですが、いまもわかりません。そちらで判断願います」

安達氏は首をひねってから、営業たちへ眼をやった。

二人の提げたアタッシェ・ケースがその端から、火を噴いた。

銃ではなかった。後部から小さな炎を噴きつつ女の胸へ吸いこまれたのは、ペンシル・ミサイルだった。

一〇メートルほど前方に小さな火球が生じた。熱風が頬を叩く。

その炎を突き破って新しい火球がおれたちの方へ飛び出し、おれの前へ落ちた――瞬間、そいつは絢《けん》爛《らん》たる着物をまとった女になって、おれの顎に手をかけた。

「はじめて会うわね」

おれの唇の前で女の声がふるえ、甘い息が鼻孔に忍び入った。

「でも、良かった。あなたタイプだわ。一緒にあたしの家へ来て」

「あの檻へ?」

「そよ」

とんでもないと思ったが、おれはすでに思考の自由を失っていた。女の全身から吹きつける淫気のせいに違いない。

女はおれの股間に右手をのばした。

触れた瞬間、おれは達していた。いや、それでは済まなかった。その手は微妙な、男なら馴染《なじ》みの動きをなし、その間、おれのものは果てしなくイキつづけた。

——このままじゃ、干《ひ》からびる⁉

ぼんやり考えた瞬間、手は女の身体ごと離れた。

その場へへたりこみながら、おれはまばゆい衣裳の主が、鷹美山と向かい合うのを見た。

気を失う寸前、おい、と聞こえたのは彼の声だったのだ。

女の手は、鷹美山の股間に入っていた。

おれは眼を剝いた。

手も襟足も毛むくじゃらじゃないか。これが女の本性なのだ。女の淫気に惑わされた眼に美女に見えただけだったのだ。

気をつけろ、と警告したかったが、声も出なかった。

鷹美山。

ふっと遠のいた意識を雷《いかずち》の轟《とどろ》きが引き戻した。

眼の前を万彩《まんさい》のきらめきが流れ去り、数メートル離れた床の上に転がった。

止まらず跳ね起きた姿は、全身毛むくじゃらの得体の知れぬ獣そのものだ。心臓のど真ん中に小さな穴が開いている。鷹美山のアタッシェ・ケースには銃が——マグナム・ライフル級《クラス》の大物が仕込まれているらしい。

口が開いた。

赤ん坊の拳ほどの塊が噴出し、鷹美山の顔面に激突したが、それだけでむなしく床に落ちた。だらりと広がったものは長い舌だった。

この女は舌を武器に使うのか？　そして、それを食らってビクともしない鷹美山とは何者だ？

小西木が前へ出た。こちらもアタッシェ・ケースか？

牝獣が低く呻いた。絢爛たる衣裳のままだ。これは圧縮服を身体のどこかに貼りつけておけば済む。

獣が飛んだ。心臓を射抜かれながら、凄まじい跳躍ぶりであった。

小西木に抱きつくや、その首すじに牙を立てた。

ひとふりで三分の二を咬《か》み取った。

傷口から蒸気のようなものが噴き上がってそれを隠した。すぐに消えると傷口は赤い筋のみ留めて常態に復していた。

――再生機能か
これは〈新宿〉の警官からチンピラやくざまで、暴力関係者なら多かれ少なかれ身につけている機能であって、低レベルなら再生細胞を身体の一部に移植するだけから、高レベルになると、全身改造までやってのける。斬られた手足が再生するのは当たり前、射ち抜かれた眼球まですぐ元に戻るのだ。

小西木のアタッシェ・ケースが高圧ガスを噴射するような音を放った。

またも吹っとんだ牝獣の全身は半透明の皮膜で覆われていた。

床上でのたうち廻る獣へ、冷ややかな声で、

「無駄だ。その膜はしなやかだが、鉄より硬い。しかも、こう締まる」

膨縮を繰り返していた膜が、一気に縮んだ。

骨の砕ける音がいつまでもつづいたが、悲鳴は上がらなかった。

「よし」

と小西木が言ったとき、床上には、握り拳《こぶし》大の血色の塊がまとまっているきりであった。

安達氏が近づいて塊を拾い上げ、消火装置が二酸化炭素を噴霧中の檻の中へ放り投げた。

「あの女の淫蕩《いんとう》術の凄さは、おわかりになったと存じます。彼らはそれにもかかわらず、心臓を射ち抜かれても、火で焼かれても平気な肉体を滅ぼしました。あなたがどんな敵に追われていようとも、必ずや始末してのけます」

安達は静かな自信を穏やかな口調に乗せた。

第六章　対　決

「ま、ついさっきまで一緒にいたから、ここへもじき現われる。そしたら乾坤一擲《けんこんいってき》の大勝負だ。幸運を祈るぜ、ケッケッケ」

それから一時間ばかり、おれたちは安達氏のオフィスで待ちつづけた。

手持ち無沙汰なので、TVを点けると、イカサマ師としか思えないタレント占い師が、こっちを指さし、

「あなたは今日こそ凶運だ」

などとぬかしやがるし、チャンネルを替えれば、硬い面したアナウンサーが、

「本日の死亡者数を申し上げます」

と固い声で宣言してくれる。

TVを消し、おれはたえさんのことを考えた。

いま何をしているのだろうか。

何処へ行けば会えるのだろうか。

そして、時折り我に返る。

あの女は鴨なのだ。

1

おれは応接室で、二人を雇う契約を結んだ。

ひとり一〇〇万はキツいが、生命には替えられない。いまは現金の持ち合わせがないので、三日以内に五〇万、契約満了時に五〇万ずつということで納得してもらった。

「で、僕はどうしたらいい?」

「その女性があなたを追っている以上、現われるまでは付き合っていただきたい」

いきなりギリスが笑い出した。

「何がおかしいんだ?」

と噛みつくと、

「真っ青《まさお》だぜ。よっぽどおっかねえんだな?」

「おまえになんか、あの女の怖さがわかるもんか。僕の知り合いみんなの首を片っ端からとばしていくんだぞ。さっさと何とかしろ」

だが、面影《おもかげ》が忍び寄る。

はかなげな美貌が。

寂しげな明るい眼差しが。

別れの言葉しか知らない唇が。

そのとき、やってきた。

あの歌声が。

窓辺に駆け寄ってのぞいた。

通りの東の端から、あの行列が粛々とやってくる。

「来た」

眼を閉じて告げるおれの肩を、安達氏が軽く叩いた。

「はじまりますよ。二人はもう向かいのビルに移動しています」

いつの間に？　と思ったが、驚いていても始まらない。

「もういいだろ？　逃げるぜ」

と宣言したら、ギリスがにやにや、

「あわてなさんな。撤去作業くらい見てきなよ」

と窓際へ寄った。

標的は、輿に乗った玉藻ひとりと伝えてある。

おれは下から見えない位置で、眼を凝《こ》らした。

行列がビルの前を通り過ぎ、戸口の前で輿が止まった瞬間、向かいのビルの屋上から銀色の物体が、小さな炎を吐きつつ輿に吸いこまれた。

いきなりミサイルか!?

火球が膨れ上がり、窓ガラスが激しくゆれた。

何人かが吹っとび、何人かは炎に呑みこまれた。

だが、おれは窓辺から離れることができなかった。

炎球はすぐに消えた。その下から、傷ひとつない輿が姿を現わしたではないか。

「ほお」

と安達氏が洩らしたとき、ミサイルの発射地点から、黒い人影が宙に舞った。

鷹美山だった。

「よせ！」

おれは絶叫してしまった。ミサイルを射ちこんでも平気な女に、何をやっても通じるわけがない。

着地した彼にお付きの連中が駆け寄り、片っ端から地にのめっていった。

鷹美山のアタッシエ・ケースに仕込まれたSMGの仕業だった。空薬莢《エンプティ・ケース》が排出されないところを見ると、無薬莢弾丸《ケースレス・アンモ》を使っているのだろう。

一〇人ばかり倒して銃撃は熄《や》んだ。

「どけ」

と鷹美山がいった。

前方に人の壁ができている。地上に下ろした輿の前に行列の生き残りが立ち塞《ふさ》がっているのだった。

先頭は一〇《とお》歳にもならぬ少年と少女である。

「おれの顔はマスクだ」

と鷹美山は言った。

「だから、おまえたちをこれ以上殺す必要はないが、輿の中身を庇《かば》うならためらいはせずに射つ。好きにしろ」

ひと呼吸置いてから、少年と少女は眉間を射ち抜かれて倒れた。次は二〇歳前後の女たち、最後は三〇歳を過ぎた男たちであった。

「出てくるか？」

鷹美山は死骸を見もせずに訊いた。

「無体な真似をなさる」

と輿が哀しげに言った。

「参りましょう」

輿の天井が跳ね上がり、扉が左右に開いた。

曇天《どんてん》に光が溢れたような、まばゆい着物姿が、血臭むんむんする路上に降り立った。

玉藻である。

「遅すぎたな」

鷹美山のアタッシェ・ケースがまたも現実の火矢を放った。

「効《き》かぬとわからぬか？」

帯にも衣裳にも弾痕ひとつ残さず、玉藻は艶然と笑った。

その頭上から、音もなく降ってきた半透明の皮膜が彼女の全身をすっぽりと包み込んだのは、次の瞬間であった。

鷹美山は手を上げ、おれのいるビルの壁面にぶら下がった小西木を差し示した。

あらゆる存在を窒息《ちっそく》させたのち、自らの内側で拳大にまで圧搾《あっさく》してしまう生物武器だ。

玉藻は二秒とかからず、路上の肉玉と化していた。

近づいて拾い上げ、鷹美山はそれを背後のビル壁に叩きつけた。

びしゃりと不気味な色彩《いろ》と中身がとび散って、終わりだった。

鷹美山が、小西木の方を見上げて片手をふった。

その眼の前へ何かが落ちてきた。

ぐしゃり、とつぶれたのは、小西木の生首であった。

鷹美山が何を考えたかはわからない。恐らく何も、だったろう。

次の瞬間、彼の首もまた音をたてて路上に転がっていた。

「まさか」

おれのかたわらで、安達氏の声が呪詛《じゅそ》のように聞こえた。それは復活の呪詛であったかもしれない。

玉藻は輿から出たときと寸分変わらぬ姿で殺し屋たちの生首に近づくと、髪の毛を摑んで持ち上げ、それからふり向いてビルの窓を——おれたちの方を見上げた。

眼が合った。

ひえと叫んでのけぞったおれを、安達氏が抱き止めた。

「中々に手強い相手ですな。後は私におまかせ下さい」

「いや、逃げろ」

とおれは喚いた。身体中の血が逆流し、それから上昇し、渦を巻いて、おれを狂わせようと企んでいた。

「逃げるんだ。あんたの手には負《お》えない。やっぱり、人を頼んだのは間違いだった。みんなを殺しちまう」

ケッケッケと笑った奴がいる。

「おいおい、急に他人思いの人格者になるなよ。これだーれだ？」

ギリスは右へのいた。

その背後に小柄な女が立っていた。

「友世《ともよ》!?」

おれは眼を剝いた。

「そうよ、ダーリン」
五、六年前、貯金と自宅を土地ごと巻き上げて放り出した三五歳の専業主婦は、右手を眼の高さに上げた。
握りしめた果物ナイフからは血が滴っていた。

「最後にあなたと会ってから、騙されたってわかるまで、ふた月くらいかかったの。その間ずうっと信じてたの。みいんな悪い夢だった。あなたは約束通り、借金を返したらあたしを迎えに来てくれるって」

左手も上がった。きれいな手首に血まみれの刃を当てて、友世は思いきり引いた。小さな全身がぎゅっと縮まり、全身を血の霧が包んだ。

「ねえ、見てよ」

友世はぱっくり裂けた左手首をおれの方へ突き出した。血はしたたり落ちている。小さな滝のように、とめどなく床にとび散って、血の海を広げていく。

「あたし、こうやって死んだの。あなた、可哀相《かわいそう》だと思わない？　お金も土地ももういいわ。せめて、一緒に死んでやろうと思わない？」

「来るな」

おれは冷静に自分の声を聞いた。

「おれは仕事をしただけだ。これがおれの仕事なんだ。騙されたおまえが莫迦なんだ」

その眼の前に、血まみれの腕が。

悲鳴を上げて払いのけた。

この手応え――軽すぎる⁉

と思ったとき、払った腕はボール紙の筒に化け、友世の身体も、針金とボール紙の混ぜ合わせと化して、床に散らばっていた。

「――これは？　ギリス――貴様は⁉」

「んじゃ逃げるか、雇い主」

ギリスはにやにやと、仕切り壁の向こうを指さした。

「非常口だ。安達さん――後はまかせていいな？　約束の金はちゃんと振り込ませるよ」

「感謝」

老人は両手を合わせて頭を下げた。おれは叫んだ。

「あんたも逃げろ。女の力を見ただろ？」

ギリスがおれの腕を引いた。


「こっちだよ、ほれ！」

仕切りの向こうは、さらに幾つもの小部屋に仕切ってあった。

鷹美山と小西木の部屋もあるに違いない。

前方に鉄製のドアが見えた。非常階段はその向こうだ。

おれは急に足を止めて踏んばった。理由はわからない。

「何してる？　あいつらすぐに来るぞ！」

「嫌だ。そっちに行くのは嫌だ。ここで死ぬ」

「なに餓鬼《がき》みてえなことを言ってるんだ。とっとと来やがれ」

引っ張られ、引っ張り返し――おれは、ぎゃあと叫んだ。

ギリスがふり向いて非常口を眺め、全身を緊張させた。それは手から伝わってきた。

ドアは閉じていた。その前に玉藻が立って、異様に光る眼でこちらを見つめていた。

「安達さん」

おれはふり向いて老殺し屋を呼んだ。

老人はもとの位置に立っていた。

首のない胴から下だけが。

この歌は聞こえなかったろう。

東北の面貌　恋しからずや
夫どの　何処にておわす
我ら　宴を止めず
夫どのの下へと参るべし

2

「何をとまどっておられます？」

玉藻は艶然と微笑んだ。この女が化物と心底思いこんでいるおれでさえ、凍りついた心臓がどんと鼓動しはじめたほどの、なまめかしさである。

「おいでなさいませ。私の腕の中に」

持ち上がった両袖口からのぞく手の生白さよ。つい全身を想像してしまい、おれは、行っちまおうか、という気になった。

魔性の妖気は真の恐怖さえ殺すのだ。

——この女と暮らせば、ケチな詐欺などしなくても良くなる。一生安泰だ。

人間、楽しようと決めたら他のことは頭に入らなくなる。

おれはふらふらと妖女に近づいていった。

「待った」

それがギリスの声だと理解したとき、おれの足は止まった。玉藻の腕の中まで、あと三歩。

玉藻の妖気が、みるみる薄まり退《しりぞ》いていくのが感じられた。

「おまえは——何者じゃ？」

玉藻の問いには訝《いぶか》しさが含まれていた。

「後ろの老爺《ろうや》と等しく首は落としたはず。なのに、なぜそこにおる？」

「一応、雇われてるんでな」

ギリスは、ちらとおれを見た。

「悪いが、こちらに指一本触れさせるわけにはいかねえ。とっとと雪深い里へ帰りな」

「おまえこそ、別のところへ行くがよい」

玉藻の眼が、爛々とかがやき出すのをおれは見た。

逃げろ、と叫んだつもりが、声など出やしなかった。

まるで大昔の多段式ロケットみたいに、ギリスの首は空に舞い上がった。

あっ!!　と叫んだのはおれじゃなかった。

五〇センチもとび上がったギリスの生首を、ギリスの手が摑んだのだ。

切断箇所を密着させると、斬線はすうと消え、ギリスはにやりと笑った。

「やるねえ」

「おまえは――」

玉藻がはじめて呻いた。

「みちのくの水王家。おれも聞いたことがある。からくりの国を作ろうとしたらしいな。だが、無駄な努力だ」

ギリスの一節が頭の中で繰り返し鳴った。

からくりの国を作る？

「おまえは――何者じゃ？」

玉藻の声は、別の調子を帯びてきた。

「ギリスってもんだ。あんたと同じことを仕事にしてる」

「私と同じこと？」

「そうさ」

ギリスは、右手を頭頂部に乗せると、ダイヤルでも廻すみたいに右へ動かした。

首はきっちり一回転して元の位置に戻った。

「わかったかい？」

「確かに同じじゃ」

玉藻はうなずいた。歯がきりきりと鳴った。

「なら、私がこの御方を慕う気持ちもわかるであろう。もうひとつ――それとは別に、私が歓んでいることも」

　もうひとつ？　訳がわからないまま、おれはぞっとした。

　あろうことか、ギリスはうなずいたのだ。

「――ああ。よおく、な」

　それから、むしろ悲愴《ひそう》な眼つきになって、

「――おまえたちは、ここへ来るべきじゃなかった。あの娘《むすめ》は何のためにここに住まわせた？　あの娘《こ》だけを、この世界に生かすためじゃなかったのか？」

「そのとおりじゃ」

「だが、とうとうおまえまで出てきちまった。東北の山の中より、都会の喧騒《けんそう》が好きか？　いちどこの街の怖さと愉《たの》しさを覚えたら、元の世界へは戻れんか？」

「ここは、向こうとこちらを繋《つな》ぐ街じゃ。どちらもここにある」

「仰せのとおりだ。だから、どちらか一方に加担しようとすれば、ここは怒り出す。自らの存在価値を脅《おび》やかす行為に対しては、な」

　おれは床の上に落ちた自分の影を見つめていた。

　急に首がもげ、手足が落ち、胴体が縦に裂ける。そうなってくれたら、どんなにいいだろう。えらい女を引っかけた――いや、引っかかってしまったものだ。

　視界の左隅にギリスの影が映っていた。

　それが右手を上衣のポケットに突っこむと、玉藻の方へ一〇センチに三センチくらいの板切れみたいな物を放った。

　突然、それは天井と部屋の両側にまで届く石の壁となって、おれたちと玉藻の間に立ち塞がった。

「こっちだ」

　ギリスがおれの手を摑んで、最初の戸口へと走った。

おれももう逆らわなかった。

安達氏の首がこちらを見上げていた。

どこかきょとんとした表情である。血が出ていないせいか、人形の首みたいに見えた。気が少し楽になったのは、そのせいかもしれない。

ドアをくぐろうとしたとき、背後から重い破壊音が迫ってきた。

ふり返ってすくみ上がった。

壁は左半分が崩落していた。床に転がった瓦礫の上に、玉藻が見えた。

「なぜ……？　あんな石の壁を？」

「ありゃ、まやかしだ。木切れに細工しただけのその場凌《しの》ぎだ。さっさと逃げるぞ」

「何処へ？」

「おれのアジトだ」

「えー？」

おれたちは階段を駆け下り、ギリスの車に乗りこんで走り出した。


アジトは〈新大久保駅《しんおおくぼ》〉前の一軒家だった。正確にはラブ・ホテル街のど真ん中にそびえる小さな和風ホテル――つまり旅館だ。

「変わったアジトだな」

遣《や》り手婆あ風の女に一〇畳はある日本間に通され、おれはしげしげと室内を見廻した。ギリスは姿を消している。

「いらっしゃいませ」

婆あが来た、と思ったら、その声は⁉

襖《ふすま》の向こうで頭を下げたのは、何と、たえさんだった。

「あ、あなた……一体……？」

「おかしいですか？」

くすりと笑う顔にも憂いが濃い。めまいがした。

気がつくと、布団に寝かされ、たえさんが見つめていた。

「どうしたんですかね。僕は？」

上衣とワイシャツは脱《ぬ》がされ、上半身は裸だった。布団に隠れた下半身は、わわ、同《おんな》じだ。

「あ、あの？」

「緊張が急に解けたんですね。一時間ほど失神してらっしゃいました」

「あなた――どうしてここに？」

「私はずっとここにおりますが」

怪訝《けげん》そうな美貌へ、

「え？　でも、僕のことは？」

「――ええ、よく存じております。彼から伺いましたもの」

「ギリス、ですか？」

「はい」

「彼――本名は？」

「言えません」

「そうですか――あ、あの、僕をこうしたのは、たえさん？」

「はい」


少し照れ臭そうにうなずいたのが、おれを感動させた。

「その、彼はどうしました？」

「少し用があるので、しばらく二人でいてくれと」

「ふ、ふたりで、ですか？」

いま何時かな、と考えた。まだ部屋の中は明るい。早朝に千也子の家を出て、〝アーミー〟の下へ駆けつけたのが六時過ぎ、逃げ出したのが七時少し前くらいだ。それから矢島のペテン師をどついて、ギリスと会って、安達さんの「西早稲田ビル」に着いたのが九時ちょい前。腕時計を見ると現在《いま》は一〇時半。一日はまだつづく。多分、おれの逃亡と玉藻の追跡も。

また眼の前が暗くなった。多すぎる。何が何だか良くわからないが、あれこれ多すぎる。

そのたびにおれは逃げ、周りの人間が首を落とされ、東北の妖女は諦めようとしない。

「しっかりして」

たえさんが切ない声を上げた。

急に元気が出た。心配してくれてる、と思った。もう動ける。

しかし、おれは、

「苦しい」

と呻いた。

「熱がひどい——触ってみて下さい」

「はい」

額に柔らかく冷たい手があてがわれた。うほほ。

「どうです、四〇度はあるでしょう?」

「いえ——そんなに」

「とにかく、僕は熱がひどいのです。あ、悪寒《おかん》まで」

「そんな、すぐ冷やして差し上げます」

「逆です。温めていただかないと。あー苦しい」

おれは痙攣《けいれん》の真似をしてみせた。

驚いたことに効果はあった。

「わかりました。電気毛布を用意いたします」

「とととんでもない」

おれはあわてて上体を起こした。

「あら?」

「いや——失礼」

ふたたびひっくり返った。

「温めるなら人肌でしょう」

咎《とが》めるように言った。

「え? でも——」

「ああ、苦しい。熱い。肺炎のなりかけかもしれない」

喉《のど》を掻《か》き毟《むし》ると、たえさんはじっとおれを見つめ、やがて、何かを断ち切るようにうなずいた。

「わかりました」

「え?」

笑うまいと努《つと》めた。それでも、鼻の下がのびてしまう。

「見ちゃ駄目ですよ」

言うなり、たえさんは立ち上がり、おれに背を向けると、桜色のセーターを脱ぎはじめた。

見てはいかんといわれて見ないなら、世の中は平和に決まっている。おれは思いきり眼を見開いて、たえさんのストリップを眺めた。

わ。あんなしとやかな顔と動きなのに、ブラは紫色だ。

簡単にセーターを畳んで畳に置くと、次は膝丈のスカートだった。

おお、下りる下りる。わあ、生足だ。しかも、あのパンティは!?

紫の紐《ひも》パンだ。

たえさんがこちらを向いた。

おれはもう眼を閉じていた。

「あのお……これでよろしいでしょうか?」

恥ずかしそうなたえさんの声に、おれは全身が震え出すのを必死でこらえた。

ちら、と眼を開け、閉じた。地獄の苦しみだった。

たえさんの乳房は西瓜《すいか》みたいに大きく、ブラから乳暈《にゅううん》が半分もはみ出ていた。ま、ブラがビキニのせいもある。

注目に値するのは、紐パンのほうだった。さっきは食いこんだ尻の肉をぷるんとはみ出させているきりだったが、前ともなると、小さな布地が危ない部分を隠し切れず、黒い陰毛があちこちからせり出している。

「どうでしょうか?」

心細げな問いに、おれは思いきり悪魔と化して言った。

「ぜーったい、駄目。温めるなら、全身でお願いします。余計なものは取りましょう」

「わかりました」

またも、きっぱりとした返事だった。やるなあ、たえさん。外見よりずっと男前だ。

もうあちこち爆発寸前で、おれは眼を閉じていた。

その顔の上に、ひらり、とあたたかな布が触れた。

3

うお、ブラだ。しかし、どうして顔の上に？

たえさんが、何かをつまむような形で、おれの顔の上に手をかざしていた。

まさか、この人がこんな刺激的なことを？

眼が合った途端、たえさんは、きゃっと叫んで畳に伏せてしまった。

「だ駄目です。見ちゃあ、駄目です」

身を震わせている。このギャップがさっぱりわからず、おれはまた眼を閉じた。

しかし、上からおれを見ていたたえさんの顔――あれはどう見ても、淫《みだ》らな――挑発の表情だ。この人は一体、何者だ？

また、ぺたりときた。

ここ今度のは？　鼻の脇に貼りついてるのは紐だ。す、すると？

これが見ずにいられるか。

しかし、おれの眼は、たえさんの手で蓋をされてしまった。

「いけません。見ないで」

「た、たえさん、これは？」

「余計なことは気にせずに。いま温めて差し上げます」

え？

想像しなかったわけじゃない。しかし、あまりにも想像にすぎなかったせいで、おれは身動きも不可能となった。

柔らかく熱い女体がかたわらに滑りこんできても、まだ信じられなかった。

「どうかしら？　温まりそうですか？」

耳もとで訊かれた――というより囁《ささや》かれたとしか思えなかった。

おい、耳たぶや耳孔に、直接熱い吐息がかかるんだぞ。

　おれはすくみ上がった。ようよう、

「ああたたかかいです」

　と応じた。

「良かった。なら、もっと密着しましょう」

　胸にも腹にもその下にも熱い肉が、ねっとりと貼りついた。

「たたたえさん――訊きたいことがあります。あるんです」

「あら、何かしら?」

　何だ、これは?　唇に吐息がかかってくる。すると、たえさんの唇は、おれのすぐ――。

「あの――僕の下半身を剝き出しにしたのは――」

「あら、私ですけど」

「ややややっぱり。感激です」

「そんな。パンツを下ろしただけですわ」

　ああ、この人の口からパンツだなんて。

「あれだけではご不満でしたか?」

　声はやさしくおれの唇に触れた。それなのに眼が開けられないのは何故だ。

「ふふ不満です!」

　おれは叫んでしまった。

「あら。だったらどうすればいいかしら?　こう触れ合っているだけではいけませんか?」

　たえさんはさらに重さをかけてきた。何ともいえない重さと柔らかさと粘っこさが、胸の上でつぶれた。

　ああ、乳房が。乳が。おっぱいが?

「いけません」

　ほとんど寸前で、おれは腰を動かした。

「パパパンツを脱がした以上、目的を果たして下さい」

「目的?」

「はい」

　次ははっきり言うつもりだった。

ところが――

「わかりました」

言うなり、たえさんの手は、おれのものをきゅっ、と。そして、上下に。

「ああああ」

「よろしいでしょうか?」

声には少しもブレがない。生真面目で思いやりがあって、そして、はかなげだ。

しかし、あんたやってることは。

「いかがでしょう?」

おれは返事ができなかった。この人がこんなイヤらしいテクを持ってるなんて。おれはひたすら貪《むさぼ》りつづけた。

「行くぞ」

おれは叫んだ。

「はい」

「あと一〇回、九回、八回――」

たえさんはひたすら動かしつづけた。どういう心境なのか、さっぱりわからない。

「――六回、五回、四回」

そのとき、手がすっと離れた。

「お邪魔するぜ」

襖の前に立つギリスのニヤニヤ笑いが、おれの怒りに火を点《つ》けた。同じ状況の男なら、全員わかるはずだ。

おれを見て、

「おお、いいとこだったかな?」

わざとらしく口にした途端、おれは布団から跳ね上がって、ギリスの左顎に素晴らしい右フックを叩きこんだ。

骨にぶつかる手応えを残して、ギリスは東向きの窓際に吹っとび、激しく頭を打ちつけて、畳に大の字になった。

悲鳴を上げてたえさんが跳ね起き、ギリスのところに向かおうとした。

全裸だ。これはよろしくない。

「いけません！」

おれは眼の前で四つん這いになった白い尻を抱えた。ハッピーだ。意外とでかい。しかもふかふか餅みたいに柔らかく暖かい。

歯を立てないようにするのは、地獄の責め苦だった。

「何なさるの？」

「いや、こんな格好で、こんな屑《くず》男のところに行かせるわけにはいきません。服を少し着ましょう」

「す、少し、ですか？」

「はい」

みんな着られては元も子もない。

「わかりました。じゃ、何を？」

と脱いだ服の方へ眼をやるのへ、

「これで」

おれはセーターを指差した。

「はい」

何も知らぬたえさんは、素早くセーターを被《かぶ》り、

「あの、他には？」

と訊いた。

「いやいやいや。それで充分です。このままどうぞ」

「はい」

たえさんは這う形でギリスの野郎に近づいた。

ギリスを抱き起こそうとして、おれの方を見た。

「あの——吐息がくすぐったいんですけれど」

「気にしない」

おれは強く言い放った。

眼の前にうす桃色の尻の肉が迫っている。

たえさんはギリスに向き直り、

「しっかりして下さい」

と頬を撫ではじめた。

ムカつくので、おれは鼻と口を前進させた。

湿り気を帯びた柔肉《やわにく》が貼りついた。

「いや」

たえさんは身を震わせたが、おれは気にせず進ん

だ。

「あ、駄目」

右手を廻して押しのけようとしたが、おれはその手を摑んで、

「舌を使います」

と宣言した。

「え？　でも」

ぺろりとやった。

声もなく、たえさんは身をよじった。感じすぎだ。この人はひょっとしたら、天性の淫乱かもしれない。あらら、もう熱い間歇泉《かんけつせん》が、煮えたぎった泥《でい》汁《じゅう》を噴き上げはじめている。

「やめて」

断末魔のような声であった。これはやら、やらざるを得ない。

「指も行きます」

「え？」

すぼまりを突いてみた。

「そこは――いけません」

「ご安心下さい」

おれは適当に応じて、激しく出し入れを開始した。

眼の前で、たえさんの大きな白い尻がのたうちまわる。

壮観だ。サドの炎がおれの身を灼《や》いていた。

「いけません」

たえさんが呻いた。

「いけません。やめていただけませんか？」

「いいや、やめない。この素敵な、イヤらしいお尻で、ギリスの奴を介抱してはいけません」

「そんな」

「んが――」

おれは鼻面を白い肉に埋めた。

もっと喘《あえ》ぐか――と思ったら、

「あら？」

「え？」

おれは、たえさんの尻にのしかかるような形で肩越しに、ギリスを見た。

ボール紙と針金と細糸がバラバラに散らばっている。これがギリスだったのだ。

「野郎」

おれは、たえさんのお尻をペチンと叩いて立ち上がった。

「いや、失礼失礼。驚いたかい？」

襖の向こうから笑い声が響いて、ギリスが現われた。

「こら、莫迦」

おれはあわててたえさんの前に立ち、両手を開いて庇った。おれも裸だが、気にしてる場合じゃない。

「早く着て下さい」

「全部でしょうか？」

「勿論です！」

ニタニタのギリスと頭が沸騰するおれの向こうで、たえさんは素早く、おっとりと服を身につけ、それからギリスの脇をすり抜けるように出ていった。

「やっぱり、彼女にイカれてたか。さぞや楽しかっただろう。息つぎになったかい？」

「なな何を言うか？　おれは何もしてないぞ」

「僕だろ、僕」

ギリスは鼻を鳴らした。

「結婚詐欺なら一流だが、他はサイテーか。あんな田舎女に眼をつけられるわけだ」

「余計なことを言うな！」

おれは完全にキレた。

「おまえはおれのボディガードだぞ。雇い人がエラそうな口をきくな！」

「これでも色々気を遣ってるんだがな。それより、安達までアウトとなると、別の抹殺《まっさつ》手段を考えなくちゃならねえな」

「他にあるのか？」

「二つある」

「おお、そんなに」

おれの胸は期待に高鳴った。

「ひとつは、あんた自身が迎え撃つんだ。これには、おれが幾らでも力になれる」

「一〇〇パーセントあの女に勝てると保証できるか？」

「勿論だ」

胸を叩きやがった。

「信用できないな」

「正解だ。で、おれはもうひとつの方法を試したいと思う」

「何だそりゃ？」

胸中に渦巻きはじめた疑惑の雲をおれは意識した。

「あの女の娘――千也子を人質に取るんだ」

おれは声を失った。

「無茶言うな。あの子は――」

「関係なくはねえだろ」

ギリスは鋭い眼差《まなざ》しをおれに当てた。

「なんつっても実の娘だ。殺すと脅せば、あの女も取り引きに応じるさ」

「しかしだな。あんな娘を」

「あんたの生命とどっちが大切だい？」

「僕の生命だ」

「正直者は好きさ」

ギリスは手を叩いた。わざとらしい。

「なら文句はねえわけだ。下へ来な。あれこれ相談しようや。あの女の来ねえうちにな」

第七章　女子高生をさらえ！

1

おれは正直気が進まなかった。

獲物《えもの》の年齢は二歳から不老不死者まで問わないが、たまには、術中に陥《おちい》らせたくない相手もいる。千也子がそうだ。

しかし、あの娘を人質にする以外、玉藻から逃れる術《すべ》はない——ギリスの言い分は正しい。

「しかし、どうやってさらう？」

おれの疑問に、ギリスはいとも簡単に応じた。

「何を言ってるんだ？　自分のしてきたことを忘れたのか？」

「あの娘を騙せってか？」

「いきなり一緒に来いと言って、ついて来ると思うか？　そのための詐欺師《さぎし》だろうが」

「二度と詐欺師と言うな、使用人！」

「おっと、わかった」

ギリスはあっさり両手を上げた。

「こいつは失礼したな、ボス。けどな、力ずくで誘拐したりすりゃ、〈新宿〉でもポリ公は出張《でば》ってくるぜ。必要なのは穏便《おんびん》と合意だよ」

「しかし」

おれはなおもためらった。

そのとき、何処《どこ》からともなく、
東北《みちのく》の面貌《かんばせ》　恋しからずや
マジ全身が硬直した。そのくせ、おれは座布団の上から戸口まで二メートルも跳躍していた。恐怖のなせる技だ。

「来たぞ、来た。行こう、ギリス、千也子ンとこへ。大急ぎだ。車を出せ」

五分とかけずに、おれたちは〈職安通り〉を〈市谷加賀町〉めざして疾走していた。

おれが助手席でぶつぶつ言うのを耳にはさんだ

か、

「念仏か?」

とギリスがこっちを向いた。メーターは一五〇を超えてる。

「前を見ろ!」

おれは悲鳴を上げた。

「答えるまではイヤだね」

「神さまに祈ってたんだ。千也子の家が消えちまわないように、ってな」

「何でまた?」

「この件に首をつっこんでから、何もかもがからくり仕掛けに思えてくるんだ。この街並みだって、通行人だって、この車だって、突然、紙と割り箸と針金細工の正体をさらすような気がするんだ」

「いいじゃねえか。世の中、みいんなそんなもンかもしれねえぞ」

ギリスはケタケタと笑った。

さらに信号無視と正面衝突寸前の追い越し、車線変更を繰り返した挙句《あげく》、なんとおれは一五分で、〈市谷加賀町〉へ到着してしまった。

千也子の家は住宅地の中に、ひっそりと佇《たたず》んでいた。

チャイムを鳴らすと、お袋さんが顔を出し、露骨に眉をひそめた。嫁入り前の娘にまとわりつく害虫といったところだろう。こっちはそんなこと気にもしてられない。

「お嬢さんに会わせて下さい」

「それがねえ」

「お願いします」

「だって、あなたまともな人じゃないわよねえ」

あんたたちだって、という言葉を、おれはかろうじて呑みこんだ。

仕方がない。

おれはじっと、おふくろさんの顔を覗きこんだ。

車へ戻ったのは二分後だ。

「どうだった?」

にやつくギリスへ、

「いま高校だ。〈成城高校《せいじょう》〉へ通ってる」

「そうか、学生だったな」

ギリスもおれも忘れていたことだ。

ギリスは、ちらと門の方へ眼をやって、

「お袋さん、うっとりこっちを見てるぜ。やったな」

「それがどうした?」

「人間、自分からは逃げられねえってことさ。おっ、亭主が出てきたぞ。ははあん、あの様子じゃあんたが口説《くど》くのを、どっかから眺めてたな。おい、危《ヤ》べ、拳銃《チャカ》出したぞ、伏せろ!」

おれもふり返ってた。わっ⁉ と頭を下げた途端に、リア・ウインドウが砕け、フロントも通過した。

「ガラス代、請求するからな」

「阿呆。防弾使ってない〈新宿〉の車があるか。所有者負担だ!」


ギリスは沈黙した。口の端がにんまり笑っている。言い負かされたのでないのは明らかだ。

走行中、いつ曲がり角からあの輿が現われるか気が気じゃなかったが、幸い何事もなく、〈市谷柳町《いちがややなぎちょう》〉へ着いた。もともとこの一帯は〈魔震〉で薙《な》ぎ倒され、千也子の通う〈成城高校〉も壊滅的打撃を受けたものの、〈区〉の力ですぐに復興した。以後、おかしな事象が校内に頻発するのは、どの学校もそうだからやむを得ない。ちなみに〈成城高校〉は本来男子校だが、〈魔震〉以後、生徒数が減少したため、女生徒も受け入れるようになって、今に至る。

正午少し前。

おれは真っすぐ受付へ向かった。ギリスは車に残って、玉藻たちからのフォローだ。

守衛には、千也子の兄で通した。クラスや家族の名前は念のため母親から聞いてある。兄貴だけ出鱈《でたら》目《め》だ。

受付の職員は、すぐに担任に連絡を取ったが、返事を受けると、

「いま、荒木《あらき》先生が見つかりません」

と済まなそうに言った。もう昼休みに入ったらしく、右往左往する生徒たちの姿が見えた。

「見つからないって何だ？　妹が誘拐されそうなんだ。通るよ」

よく言うわ、と思いながら、おれは廊下を進んだ。

クラスを覗いても千也子の姿はない。玉藻が先廻りしたかな、と思ったが、そんな気配もなかった。

席についておれを眺めてる女生徒に訊くと、

「先生に呼ばれてった」

その眼つきが気になった。

「何処へ行ったか知ってる？」

女生徒は、いつの間にか脇に来ていた男子生徒を見上げた。クラスに必ずいるスピーカーってタイプだ。

「多分、音楽室だよ」

と返ってきた。

「急いだ方がいいよ。あいつ、水王に眼えつけてたから」

「どういう意味だ？」

男子生徒は声をひそめて、

「小父《おじ》さん、水王の兄貴？」

「そうだ」

生徒はにやりと笑った。性質《たち》の悪い大人みたいな笑い方だった。

「早く行った方がいいぜ。荒木の奴、手が早いからよ」

音楽室は三階だと聞いて、おれは教室をとび出した。

階段を駆け上がると、音楽室はすぐにわかった。

広い教室には誰もいなかった。

声を除いては。

嫌　嫌　嫌
やめて
先生　もう許して
あ……ああ……あ……ン

おれは声の方角――奥のドアへと走った。

ロックはしていない。世の中甘く見てやがる。

所狭しと楽器を並べた部屋の床に重なっていた中年男と千也子が、呆然とおれの方を向いた。

千也子のブラウスの前ははだけ、白いブラもずり上げられて、乳房が丸見えだった。かなり大きい。予想通りだ。腰までめくれたスカートの下から生々しい太腿《ふともも》がのぞいている。

男の顔は太腿の間からおれを見つめていた。千也子の肉は唾で光っていた。

「妹に何をする⁉」

「鷺尾さん⁉」

余計なこと言うな。おれは素早く近づき、男の顔面へ蹴りを入れた。問答無用の状況だ。

入った、と思った刹那《せつな》、おれは空中を舞っていた。男――荒木担任は間一髪、おれの足首を両腕ではさみ止め、絶好のタイミングでひねったのだ。

半回転じゃ済まなかった。一回転した後頭部は、きれいに床へ叩きつけられた。

「君の兄さんじゃないんだな？」

と荒木は空手の構えを取りながら、千也子に訊いた。

「え、ええ」

「なら、こそ泥か痴漢《ちかん》とみなして処断する」

「処断？」

千也子は素早くブラとブラウスを戻した。

「ここは〈新宿〉だ。犯罪者は被害者ないし発見者の責任において処断していいことになっている」

ちょっと待て。おまえ教師だろ――おれは頭蓋骨の中を七転八倒している脳で考えた。それとも、生徒をレイプしている場面を目撃された以上――って

わけか。

荒木は摺足《すりあし》で近寄ってきた。眼には明らかな殺意が陰火のように燃えている。

いくら〈新宿〉――〈魔界都市〉とはいえ、こういう教師ばかりじゃない。しかし、多数の生徒の保護を担当しなければならない教員が、そのための排除権を持つのは当然と、〈区〉の裁判でも判決が出ている。断りもなく校舎へ侵入した輩《やから》は、ズドンと一発息の根を止めても、学校と警察と〈区〉へ始末書を提出すればOKというわけだ。

いくら〈新宿〉でもこういうタイプは滅多にないから、おれも正直油断してしまった。

荒木の拳には拳ダコが盛り上がっている。これで、筋力増強剤でも服《や》ってたら、おれの頭ぐらい一発でけしとんでしまう。本気で危《ヤバ》い。

だが、荒木の足はおれの少し前で止まった。

おれを見下ろす眼の中には、どうしようもない淫らな表情が浮かんでいた。こいつは真性の変態だ。


荒木はいきなり身を翻《ひるがえ》すと立ちすくむ千也子のところまで行って、激しく抱きしめた。

「――何するの？　うぐ」

唇を奪った千也子の口腔《こうこう》に大胆に舌までねじり込ませながら、荒木はおれの方を見ていやらしく笑った。

「あのこそ泥を始末する前に、見せつけてやろうじゃないか。きっと燃えるぞお」

「やめて」

千也子はねじ伏せられた。三〇センチと離れていないところで、悲痛な表情がおれを見つめた。

庇《かば》った両腕はまた広げられ、荒木は千也子の名を呼びつつその胸をかき開き、熱い乳房に舌を這わせはじめた。

「もっと、嫌そうな顔をしろ。見せつけてやるんだ」

「やめてよ、変態」

身悶《みもだ》えしながらも、千也子が反応しはじめているのがおれにはわかった。

「あうっ⁉」

全身が痙攣《けいれん》し、顔が苦痛に歪《ゆが》む。荒木が腹に歯を立てたのだ。

「やめて、痛い。変態いい――っ」

やめるはずがない。変態教師はそれから千也子の太腿に、乳房に、脇に嚙みつき、千也子は肉食獣に食い荒らされる仔鹿《こじか》のように泣き叫んだ。

白い肌にくっきりと残った青紫の歯型を、荒木はふたたび舐《な》めはじめた。

「ああ……」

今度こそ、耳を覆いたくなるような官能の喘ぎが、千也子の唇から洩れた。それは果てしなく続き、千也子は時折り、舌で唇を舐めた。

その顎に手をかけておれの方へ向かせ、

「ほおれ、こそ泥が、女子高生の痴態と裸を見て興奮してるぞ。おまえの身体が大人と同じだと、たっぷりわからせてやれ」

そして、また嬲《なぶ》りはじめた。

千也子はもう抵抗しなかった。ぐったりと溶けた肉体は変態教師の愛撫をすべて許し、ポイントを突かれるたびに、激しい反応を示した。

「おい、見てるか、こそ泥？　おれの投げを食ったら、あと二分は動けまい。いよいよクライマックスだ。楽しんでから死ねや」

千也子のパンティは、うすいブルーだった。畜生、うまい具合に脱《ぬ》がしやがる。

丸めたそれをおれの方へポイと放り、荒木は下半身を剝き出しにして、汗ばむ太腿の間に腰を入れた。

2

おれは仕事に無関係な男にも女にも一切関心はない。千也子も同じだ。

しかし、今回は頭にきた。

しかし、どうにもできない。

あーっ、と呻《うめ》いて千也子が両腕を頭の方へのばした。剝き出しの腋の下を荒木が見つめた。鳥みたいな声を上げて、むしゃぶりつく。千也子の声が高くなった。

完全に頭の中が白く染まった。それが醒《さ》めたのは、鈍い打撃音と男の苦鳴を聞いた瞬間だった。

「あれ？」

混乱中の精神状態を収めながら、おれは色っぽい胸の上から荒木を押しやる千也子と、右手に握られた五キロ級《クラス》のダンベルを見た。

確かに千也子の頭の上の方に、二つほど並んでた。千也子は腋の下をさらすふりをして、変態教師の眼を逸らし、凶器を摑んで一発かましたのだ。

歌手や演奏家《プレイヤー》を軟派なニーチャンネーチャンだと思ったら大間違いである。歌手は肺で歌うんじゃない。演奏家も肺で吹くんじゃない。腹だ。ここが弱いと張りがなく、演奏《プレイ》に力がこもらない。だから、彼らは腹筋の一〇〇〇回くらい平気でこなすし、そのための訓練も怠《おこた》らない。ダンベルもその一環に違いない。

荒木の後頭部からは血が流れ、白眼も剝いている。

「殺《や》っちゃったのか？」

「いいわよ、こんな変態教師」

千也子は荒い息をつきながら、吐き捨てるように言った。

「まともな教師面して、今日ここへ入ったら、いきなり〝前から好きだった〟って抱きついてきたのよ。あたしの他にも一〇人以上したってさ。〝おれは女子高生キラーのテクニシャンだ〟。阿呆じゃない」

「よがってたじゃないか」

しまったと思ったときは、頰に平手打ちが当たった。

千也子は身づくろいをしてから、呻き声ひとつ出さない荒木の唇に指を当て、瞳孔を調べた。

「どうだい？」

「大丈夫。重度の失神に陥ってるだけよ」

「重度の失神」

おれは溜息をついた。

「君、可愛い顔して凄いことするねえ」

「ここは〈新宿〉よ」

千也子は、バッカみたいという表情でおれを見た。

「女子高生だって、妖物や化物から身を護る権利を認められるんですからね。変態だって同《おんな》じよ」

もっともだ。おれはうなずかざるを得なかった。

「こいつはいま、保健室へ連絡するわ。荒木先生が倒れてるって。それより、あなた何の用？」

「それだ！」

おれは手を叩いた。おや、動くぞ。荒木の技の効果が切れたのだ。

立ち上がって、

「一緒に来てくれたまえ」

「——何処へ？　どうしてよ？」

おれは千也子の顔をじっと見た。

だが、何故か仕事をする気にはなれなかった。

「実は君の東北のお母さんに狙われている。このままだと、本当に結婚させられそうなんだ」

ああ正直者だな、おれは。

「それであたしに助けを？　何もしてあげられないわ。母さん、娘の言うことを聞くような人じゃないもの」

「しかし、君を愛してるだろ？」

「そりゃまあ、実の娘だし。あっちへ行くと大事にしてくれるわ」

「なら、充分だ。協力してくれたまえ」

「だから、あたしは——」

「誘拐されたってことにしてくれないか？」

「はあ？」

「君の生命が惜しければ、僕を解放しろと交渉する。それならＯＫだろ」

千也子はじろりとおれを睨んでから眼を伏せた。

すぐに上げて、

「いい手ね」

と言った。笑顔がおれを驚かせた。

「協力してくれるのか？」

「やーよ。母さんあれで怖い人だから。あなたとつるんでそんなことしたとわかったら、八つ裂きにされちゃうわ」

なんてこと言うんだ、この娘は。また、なんて親だ。

「あ、あのさ」

おれの声は上ずっていた。

「――君に迷惑はかけたくないんだ。なあ、いまの僕と同じ条件の男――つまり、母さんの彼氏を知らないか？」

「あ」

その顔でわかった。

「知ってるんだな」

「うん」

隠そうとしないのがいいねえ。

「教えてくれ。その男はどうなった？」

「消えちゃった」

「…………」

「母さん、いよいよ結婚だ、後家暮らしもおしまいよってまくしたててたけど、結局、前と同じ」

「前って――他にもいたのか、亭主候補？」

「ええ」

「指を折らなくてもいい。で、彼らはみんな、その――」

「ええ。消えちゃったわ。結婚式寸前まで行くんだけど、その辺でみいんな行方不明」

「理由は？」

「母さんは、結局家風に合わないって言ってたけど――わからない。全部が全部家風に合わない？　そんなこと婚約する前にわからない母さんじゃないわ」

「ふうむ。みな逃げようとしたんだな」

「え？」

「何でもない。それでだ、母さんと式も挙げず、うまく手が——別れた相手はいないのか？」

千也子はブラウスの前を押さえて少し考えた。心当たりでもあるのか——おれの胸に小さな希望が点った。

「ひとり——いる」

おお⁉　愛してるのは君だけだよ、千也子。

「どうやって別れた？」

そいつが誰で、何歳で、どこの国の人間かなんて興味もなかった。よっぽど凄い形相だったらしく、千也子はやン、と一歩下がって、

「えーとね、確か——」

ぽん、と手を叩いた。

「お母さんから三日間、完全に切り離されること」

と言った。


「——何だ、そりゃ？　あのお袋さん、神出鬼没じゃないの。核戦争用の待避壕《ごう》にだって出てくるよ」

「その男の人、お母さんが出てこられない庵《いおり》をこしらえたのよ」

「庵？」

「ほら、ホラー映画によくあるじゃない。呪われてる男の人が、何日か籠って、大抵は期間満了できずに殺されちゃう場所よ」

「わかった。そうか——で、その庵は何処にある？」

「ないわよ」

「え？」

「その話って随分前——あたしが五つか六つのときに聞いた話なの。だから、正直、よく覚えてないんだ。あ、三日は大丈夫。で、その庵みたいなものは、その後で処分したか、いつの間にか無くなってたか。とにかく、もう無いわ」

「つ、作り方は？」

「知ーらない」

「冷たいことを言うなよ。その男は誰がこしらえたんだ？」

千也子はまた黙想に入った。

「確か、旅のからくり師――だったと聞いたような気がする」

「からくり師？　何処にいる？」

「知らないわよ、そんなこと。旅してんじゃないの」

「そらそうだ」

おれは煩悶《はんもん》した。いっそ見込みがなければいいのを、なまじ打つ手が見つかると、人間、意地汚くなるものだ。

「他に、何か思い出せないか？　何でもいい」

「うーん」

千也子は眼を閉じて呻いた。

「ま、いい。それが駄目なら君を人質にするしかない。一緒に来てくれ」

「やよ、そんなの」

「頼む、協力してくれ。生命がかかってるんだ」

「それって、お母さんから逃げようとするからじゃないの。一緒になれば平気よ」

「あの女とか!?」

「私の母さんよ。失礼ね」

「済まんが交渉決裂だ。一緒に来てくれ」

「やよ」

仕方がない。おれはじっと千也子を見つめた。

これまで、一度だってしくじったことのない詐欺の手口を、他人《ひと》は超能力と呼ぶが、おれ自身は一度だってそう意識したことはない。生まれつきのムードと口八丁手八丁、それに修練の結果――それだけだ。

千也子はたちまちトロンとなった。

「悪いな。早退してくれ。生命がかかってるんだ」

「……いいわ」

おれは、先に千也子を部屋から出し、学校の正門を出たところで落ち合うことにした。変態教師の始末は千也子にまかせた。


「どうだった？」

いつの間にかギリスが来ていた。

「どうってことはない」

「上手くやったらしいな。だが、嫌な予感がする。早いとこ出かけよう」

おれは動かなかった。千也子を待つのもあったが、血が凍ってしまったのだ。

「顔色が悪いぜ」

ギリスは楽しそうに言った。

「何なら別の女子高生を手配しましょうか、ボス？」

返事をする気も起こらなかった。

ん？

「何だと？」

おれはギリスを睨みつけた。奴が後じさりしたことから、どんな顔つきだったかは想像できるってものだ。

「いや、落ちこんでるようだから――」

「女子高生、か？　あン？」

「ま、まあな」

おれはギリスに近づき、奴は後じさった。

「別のものを世話しろ」

ギリスの後退は止まった。

「――何をだ？」

「庵だ」

「庵？　何処へ隠居したって無駄だぜ」

「庵でも隠れ家でも何でもいい。人間をこしらえる男なら、それくらい簡単だろ？　どうだ？」

「そら、まあ」

「あの女を殺すのは当分無理だ。なら、三日の間近づけないようにする。そのための庵を作れ。今すぐ作れ」

「無茶言うな。どういう理由《わけ》だ？」

おれは千也子から聞いた話を伝えた。

「面白え」

ギリスの眼が光った。

「おれと東北《みちのく》の腕比べか。久しぶりにゾクゾクしてきたぜ」

「そうこなくちゃな。今すぐかかれ」

「無茶言うな。これは新しい契約だな」

ギリスは得意そうに腕組みした。

「いい加減にしやがれ。足下ばかり見やがって。もう許さねえ。おまえは——」

お払い箱だ、と言っていいもんかどうか首をひねったとき、

「お待た——」

千也子が駆けてきた。変態教師にレイプされかかった風など少しもない。〈魔界都市〉の女の子だ。

「あら、いい男」

「よお」

おれより親しげな挨拶《あいさつ》を交《か》わしてから、千也子はおれの腕にすがりついた。

「行こ♡」

「大したもんだ」

ギリスがしみじみと言った。

「何がだ？」

「大したマスクでもねえ、見てくれもモサド——じゃねえ。モサーッとしてる。それが舌先三寸でこんな若い娘を餌食《えじき》にしちまうんだ。あんたはサイテーの人間だが、これだけは尊敬するぜ」

「二度とサイテーと言うな」

おれは歯を剝いた。

「ね、それであたしを何処へ監禁するの？」

千也子が明るく訊いた。興奮で眼がかがやいている。こうなるとわからん。

「いま話し合うから」

おれはこう言ってからギリスに、

「おまえのアジトへ連れてけ」

「駄目だ」

「時間がねえ。おれの工房へ行こう」

「あの旅館か？」

ふと、儚《はかな》げな白い顔が夢のように浮かんだ。

たえさん。

「違う」

ゴロツキの声が夢を消してしまった。

「ある高級マンションだ。そこで庵を仕上げる」

「本当にできるのか⁉」

「ギャラ次第だ」

「えーい、わかった」

ギリスは胸を叩いた。

「まかしとけ」

信用できないが、この際こいつに頼るのが生き残る道だ。

「助かるのなら、この際どこでも行くぞ。逃げろ！」

おれは天に向かって人差し指を突き上げた。応じるものはない。なんとも景気の悪い脱出行だった。

3

ギリスの〝工房〟は、〈早稲田大学〉の近く――〈国立感染症研究所〉の敷地内にある別棟の「防災センター」だ。

〈新宿〉には、〝復興対策〟の後もこういう場所が残っている。

〝廃墟〟とは別に、ぽつんぽつんと孤立した家屋が一軒か二軒、思いもかけない場所に点在しているのだ。

そして、どういうわけか、大概はもとの持ち主ではない〝住人〟が住み込んでる。それもホームレスとかじゃなく、まともな家族がほとんどだ。ここがわからない。

ギリスが占拠してるおかげで、まともじゃない人間が入ってるのもわかったが、目下、文句を言ってる場合じゃなかった。

かなり広いセンター内へ入ると、ホテルと見間違うばかりの豪華な応接間が現われた。

千也子が、あら凄いわ、と眼を丸くした。

「ね、コーヒーいただける？」

「いいとも」

ギリスが指を鳴らすと、奥からモデルみたいにスタイルのいい美女が二人、ミニスカの制服で現われた。

「コーヒー二つだ」

二人はうなずいて去った。

「あなたは飲まないの？」

千也子の問いに、ギリスは気まずそうな表情になった。

すぐに美女が戻り、おれたちの眼の前に、注文の品を並べた。

ギリスの前のカップを見て、おれと千也子は顔を見合わせた。

「何よ、これ？」

「ホット・ミルクだな」

「左様でございます」

と片方の美女が答えた。

「お砂糖は五杯入れてございます」

もうひとりの美女の台詞《せりふ》を聞いて、おれは呆れ返った。

「ミルクぅ？」

「お砂糖が五杯？」

千也子も呆然としている。

「人間の飲みものじゃないわ」

「餓鬼用だ。アメリカの五歳で一〇〇キロもあるでぶちんの飲みもンだ。ミ・ル・ク」

「他人《ひと》の好みに口を出すな」

ギリスは苦々しい声で言った。

「おれが何を飲もうとおまえらの知ったことか」

「そりゃそうだ」

おれは両手を打ち鳴らして認めた。

「ママ、ミルクぅ〜。無ければ、おっぱい〜」

ギリスがテーブルの灰皿を摑んで投げつけようとしたので、おれは素早く身を屈《かが》めた。

本当《ほんと》に投げやがった。

灰皿は頭上すれすれを飛んで巨大な窓ガラスに当たってぽん、と撥《は》ね返った。

「ぽん？」

おれは近づいて灰皿を取り上げ、窓ガラスを調べた。どっちも重くて硬い。

本物だ。しかし、ぽん。

「おい」

おれはギリスを見た。

「そうだ。灰皿はボール紙。窓ガラスはビニールだよ」

「このロビーもか？」

「紙に描いた絵とオモチャ屋で買ってきた椅子とテーブルのミニチュアだ」

「あの二人も!?」


千也子が眼を剝いた。ミニスカート美女のことだろう。

「そうだ。ボール紙で出来てる」

「信じられないわ」

言ってから、ぎょっとしたようにコーヒー・カップへ視線を落とした。ギリスがにんまりと、

「味はどうだった？」

「最高」

「実はネスカフェだ」

「………………」

「おい、工房って本物だろうな？」

おれは震えるような疑念に捉えられた。

「ああ。安心しろ。いま世界最高のヒッキー用住宅を作ってやらあ」

砂糖漬けのミルクを飲み干して、ギリスは、右方の――二〇メートルも向こうにあるドアの方へと歩き出した。

縦横一〇メートルもある巨大なウインドウから攻

め込む午後の光の中で、その後ろ姿は妙に孤独に見えた。

三〇分経過。

この間、応接間には、穏やかなBGMが流れつづけ、空中に浮かんだ三次元スクリーンは、〈新宿TV〉の番組を放映しつづけた。

「この音楽もTVも偽物なの？」

千也子は視覚リモコンでチャンネルを替えながら、疲れたような声で訊いた。

「それだけ本物ってことはないだろう」

「凄いわ、あの人。東北の実家より凄い」

「実家？」

おれは聞き咎《とが》めた。

「それだ。やっぱり〈新宿〉のほうは偽物か？」

「わかんない」

「わからないって、東北から〈新宿〉へ来たんなら、向こうが実家だろうが」

「普通ならそうだけど、東北より古い記憶もあるの」

「あの家に？」

「そ」

「なあ、どっちの両親が本物なんだ？　おれを追いかけてるほうだろ？」

「どうしてそう思うの？」

「いや、迫力が違う」

「あたし、〈新宿〉の前、〈区外〉で暮らしてた記憶もあるわよ」

「え？」

「なんか、自分が二人いるみたい。でも、ひとりなの」

「訳がわからん」

おれは宙を仰いだ。

〈新宿〉に半月もいれば、否応《いやおう》なしにどんな怪異にも慣れてしまう。それでも時々、想像もつかないのに出食わす場合がある。いまの千也子がそれだ。こいつ、どっちの人間だ？

　こんな娘の母親を相手に勝てるのだろうか——おれは地獄へ落っこちたような気がした。

「君は——なぜ〈新宿〉にいるんだ？」

「東北が嫌だったからよ。やっぱ古いもの。それに人いないしさ」

　若さは刺激を求める。おれの前にいるのは、世界の街角に眼をやれば必ずそこにいる平凡な娘だった。

　溜息をついたとき、千也子が腕を絡めてきた。

「ん？」

「ね、あたし、大学は〈区外〉にするんだ」

「ほお。せっかく来たのにかね？」

「やっぱり〈新宿〉って狭いじゃない。そりゃ、世界の何処にもないもの凄い街だけど、平凡でも広い世界が見てみたい」

「ふうん」

　おれは言葉を濁したが、内心ではこう思っていた。

　平凡だけど正解かもな。

　部屋全体が歪んだのは、そのときだ。

　木の折れるような音がして、天井の片端がみるみるこちらへ傾いてきた。ゆれる床板も傾斜し、おれと千也子はテーブルに摑まったまま、そちらへ滑り落ちていった。

「ギリス」

　その名を呼んだ途端、ゆれも傾きも止まった。

　おれは彼が消えた扉の方へ眼をやった。

　玉藻が立っていた。

「き、来たか⁉」

「勿論ですわ、愛《いと》しい御方」

　玉藻は艶然と微笑《ほほえ》んだ。今までと少し違う。眼の中に鬼気がある。

「とうとう娘にまで手をお出しになって。そうまでして私からお逃げなさりたいのかと、とても哀しい思いをしております」

「近づくな、近づくと」

おれは千也子に走り寄って――何にもできないから――抱きしめた。

「絶対に返さないぞ」

「あーら、私より、そんなおしめを取ったばかりの小娘がお気に入り？　寂しいわ」

「来るな。本当に返さないぞ」

このひとことを契機に、玉藻は歩き出した。危《ヤバ》い。

両手が千也子の方へのびた。

「さ、いらっしゃい。どこまでも母さんに手を焼かせる出来の悪い娘」

「何よ、その言い草」

おっ、千也子が逆《さか》らった。

「母さんこそ、この人から手ぇ引きなさいよ。いつもいつも、十二単《ひとえ》みたいな衣裳に身ィ固めちゃって、おまけにセメントみたいな厚化粧。年齢《とし》考えなさいよ、年齢。澄ました顔して男漁《あさ》りするなら、田舎でやって頂戴。あたしのダーリンに近づかないで」

ダーリン？　荒井由実《ゆみ》を最後に死語だと思ってたが、久しぶりに聞いた。

「そ、そうだ」

おれも声をふりしぼった。

「悪いけど、おれたちは愛し合ってるんだ。帰れ」

「そーよそーよ」

「帰れ帰れ」

「帰れ帰れ」

おれたちのシュプレヒコールの弾丸は、充分玉藻の耳から心臓を貫いたはずだ。しかし、熟女は笑いの形に唇を歪めた。

「千也子――昔から聞き分けの悪い娘だけれど、今度は許しませんよ。きついお仕置をしてあげる」

その声と表情は、おれが思わず千也子の方を見てしまったほど、凶気に溢れていた。

「ふーんだ、やってごらんなさいよ」

千也子はビクともしなかった。

「人をいつまでもヨチヨチ歩きの赤ん坊だと思ってたら大間違いよ。この人、強い――」

うむ。

「――友だちがいるんだから」

ぐえ。

「あのからくり師のことでしょう?」

玉藻の表情から自信に満ちたうす笑いが消えた。

「確かにあれは強敵です。私たちの天敵と言ってもいい。ですが、ひとたび矛を交わした以上、だれが敗れてなるものですか。私には、水王一族がついてます。さあ、その御方をお渡し」

「やだね」

それは男の声であった。

玉藻はふり返ろうとして――その心臓を背中から鋼の刃が貫いた。その刃を握りしめた指は、ぽろぽろと床に落ちた。

「おれの名はギリス。からくり師などと呼ばずに幻工師と言ってもらおうか」

「おのれ、おのれ」

身悶えする玉藻の口から鮮血が噴きこぼれた。

「ほおれ、グーリグリ」

玉藻の胸から出ている刃が肉をえぐりつつ回転した。

「ちょっと――」

さすがにあわてた千也子が走り出そうとしたとき、ギリスは玉藻から離れて、おれたちに手招きした。

「庵が出来た。来い」

「おお」

おれは小躍りして千也子の腕を摑むや、ギリスのもとへ駆けつけた。

「お母さん!?」

呼ばれた女は、よろめきよろめき二歩前進し、その場へ膝をついた。

「安心しろ。この程度じゃ死にもしねえ」

ギリスは苦々しげに明言した。

「当座の処置だ。早く来い」

抵抗する千也子と一緒に、おれはギリスの後をついて、強引に扉をくぐった。

第八章　〈新宿〉ヒッキー伝説

1

扉の向こうには、応接間より広大な空間が広がっていた。

天井からぶら下がった人体。美人だ。棚を埋める手足や顔。踏んづけたと思って見ると眼球だったりした。

「そこだ！」

ギリスが指差す先に、おお、まるで御堂みたいな古い木の小屋がそびえていた。

どん、と背後で扉が鳴った。何かがぶつかったのだ。多分、あの輿を担《かつ》いでいた連中が！

「来たぞ！」

おれの叫びにギリスが叫び返した。

「後は気にするな。さっさと入れ！」

「その娘《こ》はどうする？」

「おれが引き受ける」

ギリスは千也子の手を取った。

「頼んだぞ！」

正直、おれは自分の身の安全しか考えていなかった。

素早く階段を駆け上がり、堂の扉を開けてとび込んだ。

扉を閉めようとふり向いたとき、ギリスの手をふり払った千也子が階段を駆け上がり、おれの手の下をかいくぐって堂内へ駆け込んだ。

「馬鹿、出ろ！」

と叫んだとき、扉が吹っとぶのが見えた。棒立ちになるギリスの前へ現われたのは、輿の一行だった。

内部《なか》には玉藻がいるとおれは直感した。

「三日間だぞ、出るな」

ギリスが叫んだ。声は堂の扉にぶつかり、おれは大急ぎで閉めた。

ふり返ると、千也子が室内を見廻していた。

でかい。外から見た堂の一〇倍はある。

超高級ホテルのスイート・ルームだってこうはいくまいと思われる豪華な家具、調度が、柔らかい照明の下でおれたちを待っていた。

ドアが四つ。覗きこんだ千也子が、そのたびに、

「すごく広い寝室よ。やだ、ダブルベッドぉ」

「きゃあ、トイレは二つずつよ」

「バスは三つ。普通のとジャグジーと桐風呂。ね、一週間いよう。ルーム・サービス呼べるかなあ」

女はわからん。多分、生まれたときから謎だ。

おれは適度な固さと理想的な傾斜角を持ったソファに寝転んで、扉の方を見た。

ドア・スコープがついているのもホテル風だ。

外からは音ひとつ入ってこない。さすがギリスだ。人間としてはサイテーだが、プロとしてはサイコーだ。これで三日を過ごすなら、いい骨休めになるぞ。

「ウダウダ言っても仕様がない。覚悟を決めて籠城しよう。ルーム・サービスはないけど、冷蔵庫には三日分どころか一年分の食料が入ってる。おい、そっちのドアは何だ?」

四つ目のドアを覗いて、千也子はとび上がった。

「プールよお!」

「よっしゃあ!」

それから寝るまで、おれは千也子とプールで泳ぎ、シャワーを浴びて夕食を摂《と》った。加熱式《タイプ》だが、一流ホテルのコース料理だし、最近の保存法は神業《かみわざ》的だから、少しも味が落ちていない。和牛のステーキをひと口やった千也子は感激に身を震わせた。

腹がふくれ、アルコールが血の中にとろけ出すと、男としては当然の欲望が頭をもたげて、四方を睥睨《へいげい》しはじめる。

しかも千也子ときたら、ホテルのバスローブに着替えて、太腿剝き出し、胸前オープンの状態で床の上をごろごろしながら、フルーツをつまんでいるときた。

おれは最高級のシャンパンを満たしたグラスを両手に、悩ましい若い女体に近づいた。

「なーによ?」

赤らんだ顔が色っぽくおれを見上げた。

「変なことしたら、母さんここへ引っぱりこむからね、ヒック」

「とんでもない。こう見えても僕は業界じゃ紳士で通ってるんだ。誤解しちゃいけない」

「紳士がなんで女子高生を誘拐なんかするのよお?」

飲み干したブランデー・グラスを床へ放って、千也子は仰向けになった。

「断っときますけど、人質を粗末に扱ったりしたら、身代金も取れないわよ。後で母さんに捕まったら、ホント、八つ裂きよ」

「粗末に扱うって?」

おれは顔を近づけた。

千也子はおれの鼻先に人差し指を当て、

「エッチなこと、したり、よ」

「僕が? とんでもない」

と止まったところは、千也子の熱い息が吹きかかる唇の前だった。

「紳士だって、言ったろ? でも」

「――でも?」

千也子はおれから眼をそらさずにささやいた。

「君のように魅力的な女子高生なら、野蛮人になるよ」

「やーだ、食べられちゃいそう」

千也子の指はおれの唇に触れた。咥《くわ》えた。やン、と返ってきたが、引き戻そうとはしない。舌を絡めると、千也子は声もなく身をよじった。おれくらいのテクニシャンになると、多少手を抜いても、女のほうで勝手に感じてくれる。惚れた弱みってやつだ。

「ねえ」

と千也子の唇に息を吹きかけて訊いた。

「バスへつからないか?」

「……いい、わよ」

千也子の返事は喘ぎのようだった。

数分後、おれは黄金のバスタブの内側で、噴き出す湯と泡を浴びながら、千也子とイチャついていた。

ふり仰げば、天井の窓から星々のきらめき――どころか天の川まで見えた。

おれは運んできたフルーツ・バスケットから大粒のマスカットをひとつもいで咥え、千也子に突き出した。

何も訊かずに、愛くるしい唇が受けた。

「咥え慣れてるな」

「ふゅん(フン)」

「そのまま動くな」

おれは改めて唇を近づけ、マスカットの表面に吸いついた。

一回転させて、千也子に戻す。

女子高生は手品でも見たように眼を丸くして、若草色の粒を手に取った。

「皮が剝《む》けてる。どうやったの!?」

「企業秘密さ」

「女殺しの?」

「君を殺せなきゃ意味がない」

「葡萄《ぶどう》の粒で?」

「駄目かな?」

「紳士じゃなかったの?」

「そういう噂《うわさ》もあったな」

「こら」

怒った風に言ったが、千也子は逃げなかった。

考えると、確かに妖蛇の子供に手を出すようなものだ。その懸念も欲望と酒の酔いが水泡に変えてしまった。おれは千也子の唇に唇を重ね、舌を深あく――

硬い響きが上がった。

窓ガラスだ。

誰かが叩いている。

唇を重ねたまま、おれは眼だけで前方を見た。

窓の外に玉藻が立って窓ガラスに拳を当てていた。

「お母さん……」

千也子が呆然とつぶやいた。

玉藻の唇が動いた。

「出てらっしゃい。その人はお母さんの大事な人よ」

熱い、情熱をこめた声には、有無を言わさぬ意志がこめられていた。

「やーよ」

千也子は大胆にもあかんべで対抗した。

「これから三日間、あたしはこの人と熱い時間を過ごすんだから。そしたら、お母さんとも手が切れるのよーっと」

「千也子」

空気が凍りついた。玉藻は静かに娘の名を呼んだだけだ。

「な、なによ?」

千也子の声は上ずっていた。恐るべき母親が本気になったと悟ったのだ。

「出てらっしゃい」

「やーよ」

噴き出す泡の中で、千也子はおれに身体を押しつけてきた。張りのある乳房が胸を押し、腿が腿に触れたが、窓の外には地獄が広がっていた。

「帰れ、莫迦野郎」

ついにおれは叫んだ。

「あんたなんか口説いたのが間違いだ。あんた血も涙も流れてないだろう。その点、娘さんは凄いぞ。肌も血も熱い。これが人間だ。三日間、絶対に離さない」

おれは眼をしばたたいた。玉藻の表情が無くなった？　眼も鼻も口も白い肌の中に溶けた――としか

見えなかった。

「危《ヤ》ば……」

千也子の呻きが遠く聞こえた。

「お母さん……本気で怒った。あたしもあなたもバラバラにされるわ」

「だだ大丈夫だ」

おれは空っぽの元気チューブから、空元気を絞り出した。

「ここへは入ってこられない。今日を入れてあと三日、我慢すりゃいいんだ」

氷のような声がした。

「千也子、忘れたのかい？」

「え？」

千也子は眉をひそめた。記憶を辿っている。結果は、

「――何をよ？」

だった。

「――じきにわかるさ。おまえだけは別にしたかったが、水王一族に例外は許されなかったね。覚悟おし」

「え？」

おれに巻きつけた腕から力が抜けていった。

何が起きたのか、これから起きるのかはわからぬまま、おれは異常な不安が石のように胸中に収まるのを感じた。

千也子を母親から引き離さなければならない。

だが、おれが手を下す必要はなかった。

玉藻の周囲は闇が覆っていた。その中から何かが近づき、いきなり、玉藻の頭から腰まで呑みこんだのだ。

「――⁉」

おれたちが見たのは、消えた上半身と、肉と骨とが食いちぎられる音。そして、上半身が持っていかれた後に、黒血を噴出しながら所在なく立ち尽くす下半身だけだった。

「か、母さん⁉」

ようやく阿呆みたいな声を上げた千也子の頭を、おれは優しく抱いた。

「大丈夫だ。あれでやられる玉じゃない」

それにしても、ギリスもまだ敗けてはいないらしい。サイテーだが頼もしい野郎だ。

おれはまだ硬直しっ放しの千也子の肩を叩いて立ち上がった。

「さ、出よう。おかしな夢を見ちゃったな。楽しい夢はこれからさ」

バス・ルームを出てから、おれたちは当然、寝室へ入った。外での戦いについては考えないことにした。

母親の下半身に取り憑《つ》かれたのだろう。ぼんやりとしっ放しの千也子をベッドに横たえ、ついでに裸にしてしまった。

あまり若い娘《こ》は好みじゃないが、裸になれば別だ。

まだ外をうろついてる玉藻への対抗意識もあった。おれは寝室のカーテンを開け、千也子の身体をそこから覗ける位置に移し、窓へ向かって、

「やい、よく見ておけ」

と悪態をついた。

「あんたなんかと絶対やりたくないことを、娘さんとしてやるぞ。ほおら、妬《や》け妬け、嫉妬《しっと》しろ。そして、さっさと諦めろ」

返事はなかった。ギリスとの死闘はなおも続行中なのだ。

おれは構わず全裸の千也子の両膝を立て、バスタオルを外してからその間に腰を入れた。

お、元気《ヽヽ》だ。

「怖い」

と千也子がつぶやいた。

「大丈夫——怖くなんかないさ。すぐ終わるよ」

おれは自信満々な態度を装って安心させようと努めた。

「違うの……違うのよ」

「何が?」

おれの声は死んでいた。千也子の様子が只事じゃない。

「あたし……わかったの」

すり切れたような声が言った。おれの顔を映す瞳はおれを見ていなかった。この女子高生が見つめているのは、途方もない虚無であった。

「何が、だ?」

訊きたくなかった。

「あたし……あたしは……」

その後を聞けば、おれも果てしない暗黒の奈落へとび込む羽目になったろう。だが、幸か不幸か、そうはいかなかった。

なんと、サイド・テーブル上の電話器が激しく鳴りはじめたではないか。

2

電話? あまりにも状況にそぐわないイベントに、おれは急速に萎《な》えるのを感じた。千也子もぼんやりと電話器を見つめている。

しかし、一体、誰が? ギリスが勝ったのか? それとも——

少しの間、おれは手を出せなかった。だが、放ってはおけなかった。

受話器を摑んだ——途端に電話は切れた。

「くっそお。舐めやがって」

おれは千也子をふり返って、苦笑して見せた。

また鳴った。

今度はためらわなかった。

引ったくるように摑んで耳に当てた。

何か言う前に向こうから——

何と言ってきたと思う?

「こちら〈新宿区役所・防災対策室〉です」

――

「はあ」

「実は、〈新宿〉に対するテロ行為が確認され、その先鋒《せんぽう》が目下、あなたと戦闘状態にあることが判明いたしました。そこでお話があります。急な要請で申し訳ありませんが、これからすぐ、こちらへご足労願えませんでしょうか？　私、〈対策室〉の山本《やまもと》と申します」

ようやく、考えがまとまった。

「あんた、どうして電話できたんだ？」

「ギリス氏から電話番号を伺いまして」

「ギリスのことはどうやって知ったんだ？」

「〈区〉の〝危険人物〟として、A級に分類されております。二四時間、監視がつきまして、あらゆる動きが当方へ入って参ります」

「それならわかる。しかし、僕のことは？」

「細かいことは、お目にかかってからでいかがでしょう？」

おれは素早く頭の回路を入れ替え、

「いや、断る」

と言った。

「どうしてです？〈新宿〉の命運に関わることですぞ」

「こっちはおれの命運と戦ってるんだよ。あんた、玉藻の操り人形だろ」

「え？」

「とぼけんな。そう簡単に出やしないぞ。残念だったな。失敗したと言って、灰にされちまえ」

山本クンは、なおも食い下がろうとしたが、おれはさっさと電話を切ってしまった。

さすがに千也子とする気もストップしてしまい、おれは居間へ戻ってＴＶをつけた。千也子も起きてきて、おれの隣りに腰を下ろした。

おれは、〈新宿テレビ〉の
「今月の犯罪者」

を見ていたのだが、千也子は替えていいと訊き、返事を待たずに、暗そうな人間ドラマをかけた。

　不倫の子が育ての親を事故で失い、実の親も殺して、刑事に追われるという見たくもないドラマだ。しかも、刑事は主人公の実の兄ときた。

「こういうのが好きなのか？」

「堪んない」

　世界を見たければ眼を閉じろというのは正しいと思う。

　一時間ばかり見たところで、何とチャイムが鳴った。

　放っておいても鳴り熄《や》まない。堪りかねて、テーブルのインターホンに、誰だ？　と訊いた。

「先程お電話した山本です」

「…………」

「誤解してらっしゃるようなので、こちらから参上いたしました。入れていただけませんか？」

　入れるのは女の中にしろ、と思ったが、さすがに良心が止めた。

「わざわざ済まないが、三日のあいだは誰にも会えない。というか出られないんだ。用があるならそこで勝手にしゃべってくれ」

「しかし、これは極秘情報でして、何処に敵の眼と耳が潜んでいるかわかりません。この件で、ご協力いただければ、相応の御礼を考えております」

「幾らだい？」

　金額を聞いて、おれは眼を丸くした。かたわらで眼をウルウルさせていた千也子が正気に戻ってしまったほどの額である。

「いかがでしょう」

「…………」

　千也子が、話だけ聞いたら、とそそのかした。

「断る」

　おれはきっぱりと口にした。

　インターホンの向こうで、山本クンは溜息をついた。これでおしまい、と思ったら、

「ご理解をいただけなくて残念です。明日また伺います」

結局、その日はそれ以上のことはなく、おれと千也子は同じベッドで何事もなく眠りについた。

おかしな夢を見たが、眼を醒《さ》ましたら覚えていなかった。

朝食を平らげてから少しして訪問者があった。外は晴れ渡っている。窓の彼方には東京タワー。どうやら、高層ホテル――〈京王《けいおう》プラザホテル〉の最上階あたりらしい。

「誰だ？」

「あたしだよ、真吾ちゃん」

ちゃん？　訝《いぶか》しむ前に声でわかった。

「お袋!?」

「そうよ。あんたに用があって〈新宿〉へ来て、どうやって探そうかと思っていたら、和服姿の女の人がここにいるって教えてくれたの」

今度はこの手できたか。


「わかった、帰れ」

「なんてこと言うの。あたしはあんたの母親ですよ」

「お袋には一五年も前に勘当を食らった。おまえみたいな父さんに似た倅《せがれ》とは、二度と会いたくないと言われたぜ。それがあの女の遺言だと思ってる。はあい、サヨウナラ」

「一五年も前の話じゃないか」

お袋――の声は弱々しく、哀しげに言った。

「いつまで根に持ってるんだい。あたしはもうきっぱり忘れたよ。お父さんも死んじゃったし」

「親父が!?　どこで、いつ!?」

「話は内部《なか》でしようよ。それで来たんだから。母さん疲れちゃった。ね、入れて」

「好みのタイプに頼め」

おれは卑猥《ひわい》な悪態をついた。

「いまは取り込んでるんだ。三日後に来てくれ」

「そんな、おまえ、母さんは持ち合わせがなくて

――」

「ホテル代もないなら、〈交番〉へ行きな。行き倒れ用の部屋でひと晩くらいなら泊めてくれるぜ。泣きついて二晩にしてもらえ」

「何てこと言うんだい、この子は。いい羽ぶりだって聞いたけど、心の中まで変わっちまったんだね。遠くからやってきた母さんに対する仕打ちかい、これが」

「ああ。おれのお袋に出てけと言われたときから変わっちまったんだ。あんたももう少し先が読めたら、こんな仕打ちを受けなくても済んだのにな。はい、サヨウナラ」

「ちょっとお」

千也子が腕を引いた。

「可哀相だよ、お母さん、遠くから来たって言ってるじゃないの」

おれを睨みつけたが、さすがに入れてやれとは言わなかった。

「とにかく明後日《あさって》にしてくれ。お袋だけじゃない。みんなそう断ってるんだ」

沈黙が返ってきた。本来ならざまあみろと思うべきなのだ。お袋に縁を切られてから、おれがどんなことをして今のようになったか、ひとことでも口にしたら、おれはお袋を罵《のの》り殺したと言われかねない。

「わかったよ」

ぽつんとインターホンが言った。

「帰るよ。あたしはただ、父さんを倅と二人で送ってやろうと思っただけなんだ。駄目かもしれないと思ってはいたけどね。やっぱりおまえは怨《うら》んでいたんだね。でも一五年は長すぎないかい?」

おれは何も言えなかった。本当はひとことで済むのだ。

勝手なことを言うな。

今ほどぴたりのときはない。この瞬間のための言葉なのだ。

なのに言えないとは。

「はい、サヨウナラ」

これが最後だ。

インターホンの返事は、鈍い打撃音だった。人体が地面を殴ったのだ。

「お袋？　い？」

今度は返事があった。

呻き声が。

苦しい
「え？」

心臓が……

「大変だ」

千也子が顔色を変えた。

「お母さん、倒れたわよ、どうするの⁉」

「できすぎてる。ぜーんぶ、君のお袋さんの仕業だよ。あれは人間もどきだ」

おれは平静を装った。

「でも、本当だったらどうするの？」

「ここを開けて看病してやれってか？　偽者だったらどうする気だ？　おれはおしまいだぞ」

「じゃ、救急車を」

「そうだ、よし」

電話器に手をのばしたとき、インターホンが、絞められた猫みたいな声を上げて、急に静かになった。

「やだあ――死んじゃったのお？」

「くっそお」

おれは眼の前の空間を殴りつけた。殴りつけてもどうにもならなかった。

おれを捨てたお袋、気の弱い親父がなぜか厄介ごとをしでかすたびに、血も凍るような罵声を浴びせていたお袋。別れるとき、おれは何処で死んでも死体を掘り起こして、地面にバラ撒《ま》いてやる、と誓ったものだ。

それなのに、おれはいまドアノブに手をかけたところだった。

廻した。

開ける。

いきなりインターホンが叫んだ。

「ぎゃあああああ」

女の叫びだ。だが、お袋のじゃ絶対にない。

一体、外で何が？

千也子と顔を見合わせたとき、

「玄関にモニターはついていませんか？」

公務員だと一発でわかる口調のインターホンであった。

そう言われると——ついていない。ギリスもそこまでは手が廻らなかったのだ。

そうだ。ドア・スコープがあった。あわてて覗きこんだ。七三分けに黒縁メガネをかけたスーツ姿が頭を下げた。周囲を白煙が包んでいる。水蒸気か？

「先日伺った、〈新宿区役所・防災対策室〉の山本です」

おれはすぐ返事ができなかった。また来やがった？　しかし、お袋をどうした？

そう尋ねると、

「いまドアを開けようとなさいませんでしたか？」

「あ」

「この女はそれを見越してでしょう、スタンガンを構えていました。いま、溶けています。人間もどきですな」

「溶けてるって——何をした？」

「私のスタンガンを押しつけただけです。五〇万ボルトはさすがに効き目がありました」

「あんた——年寄りに五〇万ボルトって」

「年寄りではありません。人間でもありません。多分、あなたのお母さまか何かに化けていたのだと思いますが、私の眼はごまかせません。開けていただけませんか？」

「あんたが、〈区役所〉の人間だって保証は何処にもないんでね」

「モニターがないので、窓に廻ってＩＤカードをお見せします。それでも信じられなければ、〈区役所〉へご連絡下さい」

「そんなことしてもしなくても、おれは三日間、ここから出るわけにはいかんのだ。話なら外でやれ」

「それはできません。〈新宿〉がどんなところかご存知でしょう。内緒話ができるのは屋内に限ります。それも完全な密閉状態と言い切れる場所だけです」

「帰ってくれ」

「あなたの敵に関する重大な情報がありますが」

山本の声は急に低くなった。

「――それは弱点って意味か？」

おれは我を忘れてインターホンに嚙《か》みついた。

「はい」

「念を押すが、水王玉藻の弱点か？」

「と思います」

「――どうする？」

おれは千也子へ眼をやった。頭の中は洗濯機の中にいるようだった。

「一応、身分を確かめてみたらどうかしら。〈区〉が保証してくれるなら大丈夫なんじゃない？」

「よし」

おれも同感だった。

早速電話をかけると、〈区役所〉の担当は、うちの者に間違いないと保証した。写真も提供してくれた。ドア・スコープの向こうにいる男だ。

念のため、

「あんたが〈対策室〉へ入って、最初にやらかした失敗は何だ？」

と訊いてみた。

「室長の影が妖魔に見えて、肩を射ち抜いてしまったことですね」

間違いない、本物だ。しかし、

「担当者は、水王玉藻のことを知らなかったぞ」

「私と室長しか知らない極秘情報です。それとは別に、昨日お話しした謝礼も出ます」

「よし」

おれは決心した。おれの哲学は、人生賭けだ――じゃないけど、ま、たまにはいいだろう。

またドアノブを摑んだ――

またインターホンが叫んだ。

ぎゃあああああ
男の声だが、山本クンが出すとは信じられなかった。つまり、こいつも――

またドア・スコープ頼みだ。

いびつな空間の中で、こちらを見つめているのは、ギリスだった。

「おまえ――無事だったのか？」

「何とかな。勝ったわけじゃない」

ギリスは四方を見廻した。緊張が顔をきつくしている。

「その――山本氏はどうして？」

「いまドアを開けようとしただろ？」

「ああ」

「アタッシェ・ケースから麻痺銃《パラライザー》を出してた。あの女の手先だ」

「どうした？」

「決まってる。首を折った。もう大丈夫だ」

「それはどうも」

助かった。ギリスのおかげだ。しかし、心底素直に礼を言う気にはならなかった。二〇〇キロですっとばした挙句、ゴール寸前でガス欠になったような気分だ。

「またな」

とギリスは小窓の向こうで片手を上げた。

「あの女がまた来る。いいか、絶対に出るなよ。それを言いに来たんだ」

「どーも」

ドアから離れ、おれはとぼとぼとソファに戻った。

千也子も何ともいえない表情で見つめている。

「人間、最後はひとりだな」

「仰っしゃるとおりです」

千也子もしみじみとうなずいた。

3

それから、日が暮れるまで何事も起きなかった。だからといって、安心などできやしない。ギリスを見てもわかるように、この堂の外は死の戦場なのだ。おれを支えているのは、今夜と明日いっぱいここを出なければ助かるという思いだけだった。

だが、それを別にすれば、ギリスが作った堂の内部は、地上に生まれた天国のように居心地が良かった。

おれと千也子は好きな音楽を聴き、TVとDVDを楽しみ、どう味わっても最高のコーヒーとワインと料理を口にした。

窓側の光景は、いつの間にか高層ビルからの眺めではなく、月光の下に広がる草原に変わっていた。草がゆれている。風があるらしい。

「音楽が聞こえる。風の指揮する草の交響曲」

千也子の言葉だ。

「山本が言った言葉、覚えてるか？　君の母さんが〈新宿〉にテロを仕掛けていると？」

「インチキでしょ」

「おれも最初はそう思った。だけど、ギリスもおかしなことを言ってたんだ。君の母さんの目的は、からくりの世界を築くことだって」

「何よ、それ？」

眼を丸くする千也子の顔は、確かにあの玉藻と似てはいるが、こちらはおれの気分を限りなく明るくさせる。

「ま、いいさ。君には関係ない。ここを出たらみんな忘れて、学生生活をエンジョイしたまえ」

それから、つけ加えた。

「〈区外〉でね」

「はあい」

声が微笑んでいるようだ。誘拐犯の胸がゆれた。

堂もゆれた。

「〈魔震〉⁉」

机の下へ潜《もぐ》りこもうと床へ伏せた千也子へ、

「違う。外から何かがぶつかってきたんだ」

おれは、にやにやしながら言った。

「ちょっと。お尻に話しかけないで」

「あ」

と、とぼけた途端に、またゆれた。

「君のお袋さん、実力行使に出たな」

おれは舌打ちした。窓の外は相も変わらず夜の平原だ。

突然、月が消えた。

巨大なものが窓の外に立って視界を塞いだのだ。

「ね、何かしら？」

千也子の声に、不安と——好奇心が渦巻いているのを看破し、おれは驚いた。

「わからない。東北から呼んだ怪物かもしれないが」

「ここ壊れない？」

「多分、大丈夫だ。ここを破壊したら昔からの法則に対するルール違反になる。外にいるものは、中にいるものが自分で出てくるように仕向けねばならないんだ。これは驚かせて外へ出す作戦だな。怖いか？」

「ううん。つぶれないなら平気よ。でも、寝不足になりそ」

「ふた晩くらい我慢しろ。それに人間、本当に眠くなれば耳元で大砲を放ちまくっても眠っちまうものさ。あれが拷問《ごうもん》になるのは、限界がきても眠れないようにされるからだ。ここにいれば平気さ」

「はいはい」

安心したらしく、千也子は立ち上がって冷蔵庫の方へ向かった。

「夜食、何にするぅ？」

堂は激しくゆれたが、何も壊れず、おれたちはのんびり過ごせた。〈新宿〉の人間は怪異に対して胆の据わり方が違うのだ。

ベッドに入ると、右と左にわかれ、

「君は何になりたいんだ?」

おれは父親みたいなことを訊いた。

「子供の人形づくり」

「は?」

「何よ、あたしが人形こしらえたら、おかしい?」

本気で怒った。青すじが立って顔は真っ赤っ赤だ。

「いや、失礼。君までかと思ったもんでな。何でまた?」

「凄いこと知っちゃったのよ」

千也子はおれに背中を見せたまま言った。

「三歳と二歳の子供を、できもしない悪魔招喚の生贄《いけにえ》に捧げた母親、真性のサディストの父を殺したら、その幽霊に子供たちを連れ去られた息子、幼児殺人鬼に教室ごと焼き殺された一〇〇人の幼稚園児――最後の中には、私になついていた近所の子もいたわ。その子の通夜の席で、笑顔の写真を見てるときに誓ったの。この子たちの身代わりになる人形を作ってやろうって」

「そりゃいいが、なぜ〈新宿〉でやらない?」

「こんな街、もう沢山」

千也子は長い息を吐いた。

「最初はね、保母さんになろうと思ったの。でも、この街じゃ、保母さんが武器を持ってるのよ」

そのとおりだ。幼児を狙う変質的殺人者や、暴走車、妖物等の対抗策として、保母の資格を受けた者たちは、拳銃や強化服《パワード・スーツ》の所持が許されている。てんかんの発作《ほっさ》を隠して学童の列に突っ込むような不届き者は、鉄腕の一撃で一〇〇メートルも放り出されてしまうし、憂さ晴らしにナイフで子供たちを刺すような罰当たりは、一秒で蜂の巣だ。

「しかし、そのおかげで、〈新宿〉の幼児殺人は〈区外〉と同じレベルまで減った」

「あたし、人殺しなんかできないわ。だから人形づくりを選んだ」

「生きる人形を作るには、それなりの魔力が必要だ。技術だけじゃうまくいかない。〈区外〉へ行くのは賛成できないな」

「少しは自分のことも考えちゃいけない？」

「いいや。だが〈区外〉へ行って助かるのは、君だけだ」

「嫌がらせはやめてよ。あたし、子供たちのことを忘れないわ」

「いまここでは、ね」

おれは容赦なく言った。

「ちょっと」

「〈区外〉へ出れば、〈新宿〉の魔性からは脱出できる。だが、君の精神は〈新宿〉で培《つちか》われたものだ。魔性の成分も含まれている。それが〈新宿区民〉の能力を、心身両面において〈区外〉の誰よりも優秀たらしめているんだ。これは中々抜けない。君は〈区民〉のままで〈区外〉の空気にひたる。じき、物足りなくなってくる。身体と精神の奥に居座っていたものが〝自分であれ〟とささやき、やがて実行に移す。〈区外〉へ越した〈区民〉の大半が精神病を患っているのを、知らないわけじゃないだろう」

「地獄の住人は天国には似合わないと言いたいのね」

「ま、そうだ」

少し極端かなと思ったが、おれは認めた。

「あたしは上手くやる。〈区外〉から〈新宿〉の子供を助けてみせるわ」

「止めやしないよ」

「なーによ、結婚詐欺師がえらそうに」

言ってから、千也子は、あ、と洩らした。

「ごめんなさい」

「いいさ。結婚詐欺師兼誘拐犯だ。〈区外〉へ出るにしても、とにかく、もう一日と少し辛抱してもらおう」

「はあい」

この娘は明るくて助かる。少しズキンときたがな。

外では得体のしれないものが、ひと晩中うろついて堂をゆすっていたが、おれたちは気にせず眠ってしまった。

翌朝、周囲は静まり返っていた。

「いよいよ、今日いっぱいで助かるな」

「そうね」

昼も過ぎ、夜の闇が落ちても、おれは不安を感じなかった。

おれと魔女との対決は、このままなし崩しでおれの勝ちだ——夜明けには絶対、腹を抱えて笑ってやる。

確信があった。

ところが。

第九章　みちのく魔界都市

1

午後七時を廻ったところで、おれと千也子は食事を摂《と》った。

庵にはキッチンも付いていて、冷蔵庫には豪勢な食材がびっしりだ。

「おれがステーキを焼いてやろう」

「あら。じゃ、あたし、レア」

厚さ二センチものフィレをフライパンからジャンプさせて反対側を焼くつもりが、頭に着地させてしまったとき、千也子は心配そうに、

「何か気になるんですか？」

と訊《き》いた。

「ああ、少しな」

このステーキはおれが食うしかないなと思いつつ、おれは二枚目をフライパンに乗せた。

「――何がよ？」

「〈新宿〉が大人しすぎる」

「え？」

「君はまだわからないか。この街は他人がのさばるのを好まないんだ」

千也子は、きょとんとした。

「ここは観光ガイドにも書いてない。〈区外〉からやってくる連中には恐怖が大きすぎるんでね。つまり、〈新宿〉の脅威は個々の殺人鬼か妖物、心霊にあるんじゃない。それをひっくるめた〈新宿〉という街こそ恐怖の本体なんだ」

千也子はなおもきょとんとしていたが、おれは構わずつづけていた。

「具体例はない。ないというより、どれがそうなのかわからないんだ。怪異自体は、この街ならどんなものでも起き得るからね。だが、後から考えたら、その現場で感じたりする雰囲気は、〈新宿〉の街そのものの怒りとしか思えないそうだ。確実とはいえないが、いちばんそれがはっきりするのは、怪異に

遭《あ》った対象が判明したときさ。十中八九どころか十のうち十までが、〈区外〉からやってきた妖物に間違いない。それも〈新宿警察〉や〈区兵〉や民間の防衛隊やボディガードの手に負えなくなった場合に限って、得体の知れない〝力〟に滅ぼされてしまう。いきなり地面が割れたり、空間に穴が開いたりしてね。僕たちはそれを〈新宿〉の仕業《しわざ》と呼んでるんだ」

「今回もそれに当て嵌《は》まるの？」

千也子は異議を唱《とな》えた。

「母さんがあなたの契約不履行《ふりこう》を責めてるだけじゃないの？」

「僕も最初はそう思ってた。しかし、ギリスの野郎と君の母さんとのやりとりを聞いたときから、気になることがひとつあるんだ。それは東北での話だったと思うが、ひょっとしたら〈新宿〉でやらかすつもりかもしれない」

「だから——何を？」

千也子の声に恐怖といら立ちが混《ま》じった。おれは呼吸を整えた。

「君の母さんは、〈新宿〉に——」

扉を叩く音が、それ以後を中断させた。

「こら、女たらし、おるか？」

「おお⁉」

と呻《うめ》いたきり、おれは沈黙した。

声は、あいつだ——蛇骨婆あ。しかし、状況からすると、素直《すなお》に歓《よろこ》べなかった。本物か偽者か？

おれの困惑など構わず、扉の向こうにいるものは、婆さんの声と力でもって激しいノックをつづけた。

「わしだ、開けんかい、このロクでなしの結婚詐欺《さぎ》師《し》めが。助けに来てやったぞ」

ますます危ない。おれはこう応じた。

「悪いが、夜が明けてから来てくれ。あと半日の辛抱なんだ」

婆さんは扉を打つ手を止めた。

「それがそうも言っておれんのじゃ。あの女――〈区長〉を籠絡《ろうらく》したぞ」

「なにィ⁉」

「えーっ⁉」

後のは千也子の声だ。

あの女――水王玉藻が、何をしでかしたって？

「わしはちょっと前、〈区役所〉の〝福祉課〟におったのじゃ。この頃肩が凝《こ》るので、介護士を世話してもらおうと思ってな。そしたら待合室に、すうっと、あの女が入ってきよった」

「それでどうした？」

おれの声は固い。

「あたしも、あれ？　と思ったのさ。そしたら、何の用があったのか、〈区長〉様がボディガードとやってきて、奥の部屋に入ったんだ。あの女が後を尾《つ》けたのは言うまでもないさ。あたし以外の誰も気がつかないうちに、少し遅れてドアも開けずに部屋ん中に吸い込まれていったよ」

内部《なか》で起こったことを想像しようとしたが、何も浮かばなかった。千也子も呆然と耳を傾けているばかりだった。

「――それで、あんたも入ったのか、婆さん？」

「勿論《もちろん》だよ。あたしのルートから覗いてみた。一分と遅れちゃいないのに、いやあ、世界は桃色に染まってたよ」

「も、桃色？」

「やっぱり」

千也子の口調には驚いた。納得している。確かに人間とは思えない母親だが。

婆さんは、ここで滔々《とうとう》とピンクの部屋についてまくしたてはじめた。

やれボディガードは床の上にKOされてたの、やれ職員は全員、机の上に突っ伏していただの、床の上で仰向《あおむ》けになった〈区長〉の下半身は剥《む》き出しだっただの、玉藻が両脚の間に顔を埋めて、あれを吸ってただの、微《さい》に入り細にわたり、身ぶり手ぶりも派手に講釈するものだから、おれはあんぐり口を開け、千也子は真っ赤になって顔を覆《おお》うしかなかった。

「それでよ、じゅぽじゅぽ吸う音までよだれまみれでよ、あたしゃなんて恥知らずな女だろうと、青くなったわな。〈区長〉なんて、演説するときゃ貫禄たっぷりに澄ましてるけど、いざ裸になりゃ猿と同じよ。あたしが見たときゃ、もうイク寸前。あっという間に白いミルクを噴き上げてさ」

「やだっ⁉」

千也子が両手で頬を押さえた。婆あの節度のなさにおれは呆《あき》れ返った。

「しかも、あの女のしつこいこと」

婆あはニヤニヤしながら言った。

「ぐんにゃりした〈区長〉のをひっ摑んで、こうはさむようにしごきはじめたら、すぐにおっ立ちよって、ぷふ、二分とたたないうちに、またドピュっともらしたよ。あの女、口ん中に受けてごっくんしちまったよ」

「その辺にしとけよ、婆さん」

おれは怒りを抑えながら言った。千也子の悲しそうな顔を見かねたのだ。

「はいはい」

婆あはよだれをすすり上げながらやめた。

「けどね、本筋はこっからだよ。二度もイカされた〈区長〉さんは、すっかりあの女の虜《とりこ》になっちまった。その場でこの庵のことを聞かされて、〈区〉の権限で立ち退《の》きを命じて下さいなとささやかれた途端に、指で円をつくったよ。多分、あと一〇分もしないうちに担当が立ち退き指令書を持ってやって来るよ」

「もう山本クンが来た」

おれはうんざりしながら返した。

「あんたも信用できない。情報をありがとう、さっさと帰れ」

「んま、何て人でなしのこと言うんだね、この詐欺師は！　あたしはあんたの身を案じてだね」

「僕の知ってるあんたは、そんなヤワい女じゃない。まず幾らか要求して、こっちが呑んでから切り出すはずだ。はばかりながら、おれは人を見るのが仕事なんだ。あんたはあんたじゃねえよ」

「こここの恩知らずめ」

婆あの形相《ぎょうそう》がわかるような怒りっぷりだった。口から火を吐いたとしてもおかしかない。

それが急に叫んだ。

「来た！」

「えっ!?」

おれはドア・スコープの向こうへ視線を集中させた。

婆さんの後ろからスーツ姿の男たちがやってくる。その後方には、ばかでかい破砕機の巨体がつづいている。二本の鋼鉄のハサミはコンクリートも鉄骨も断ち切り、握りつぶし、下方の大キャタピラで押しつぶすという寸法だ。総重量は一〇〇トンを超える。戦車より重い。

「早く、ここを開けてあたしをお入れ。撃退の魔法を使ってあげるよ」

婆あは地団駄踏んだが、おれはまだ迷っていた。確かに〈区〉から立ち退き班がやってきた。しかし、さっきの山本クンも敵だったじゃないか。

婆あが横へ押しやられ、二代目山本クンみたいな黒縁眼鏡の顔が視界いっぱいに広がった。

「〈新宿区役所・移動課〉の山本と申します」

声まで同じだ。おれは呆れて、その後の口上など聞いていなかった。

とにかく、〈区長〉の特別指令によってこの庵を取り壊すという次第《しだい》だ。

「やってみろ、莫迦《ばか》やろう」

とおれは返して、千也子と一緒にイチャつきはじめた。

いきなり、庵が揺れた。天井と壁が震え、嫌な音をたてたが、塵《ちり》ひとつ落ちてこない。新品だから

だ。

「大丈夫かなあ？」

不安そうに上を仰ぐ千也子へ、

「ここはギリスを信じよう」

とおれは言った。癪《しゃく》にさわるが、他に手はないのだ。

それからしばらくの間、庵は震え、壁はきしみ、天井には何かがぶつかったが、さしたる異常は生じなかった。

破砕機が暴れ廻っているのはよくわかったが、ここにいる限りおれも千也子も安全なのだ。

「ねえ、おいしそうなワイン見つけちゃったあ」

「よーし、よし、一杯飲《や》ろ。ビールにも飽きたからな」

外での大騒ぎをよそに、おれたちはしこたま食らい、飲んで、世の中に怖いものなどなくなってしまった。

二時間ほどして諦めたのか、周囲は大人しくなった。〈区役所〉の山本クンも立ち去ったのか、覗いても影も形もない。もっとも、外の光景が現実かどうか、おれには確認する手立てもないわけだが。

「みんな、ここには手も足も出せないのね」

ワイン・グラスを手にした千也子が、軽いげっぷを洩らしながらウインクした。

「なんかわかんないけど、カッコいいなあ。あの母さんが手も足も出ないなんてはじめてよ。あの人、スッゴーい」

ギリスのことだろう。おれは無視してやった。千也子も、こりゃ危《ヤバ》いと思ったか。

「お風呂入ってきまーす」

と奥へ引っこんでしまった。バス付きの隔離庵《かくりあん》か。行き過ぎもいいところだ。ギリスの野郎、何考えてやがる。

しかし、ソファに坐《すわ》って、玉藻の次の出方を待っているうちに、シャワーの音が聞こえてきた。

あの娘はギリスを気に入っている。普通ならそんなことどうでもいいのである。どんな男に惚《ほ》れようと、おれと顔つき合わせて一〇秒もおしゃべりすれば、女はおれの術中に陥《おちい》る。最後はおれの勝ちだ。

バス・ルームのドアには鍵がかかっていなかった。

狭い脱衣室の奥のドアを開けたとき、千也子は悲鳴を上げて、おれに背を向けた。

「何よ、変態。あっち行って！　裸になって何しよっての⁉」

「ギリスが気に入ったか？」

おれは千也子を後ろから抱きしめた。

「こんなおかしな技を使うだけで、好きになったのか？」

「おかしな言いがかりつけないで」

千也子は全身を震わせたが、おれは手を離さなかった。

顎《あご》に手をかけ、強引にねじ向けて唇を重ねた。

千也子は抵抗した。唇をもぎ離して、

「その気もないのにやめなさいよ！」

「あるさ」

おれは千也子の手を導いた。

「な？」

「いやあ！」

千也子の絶叫は、おれを少しだけいい気分にさせた。ギリスの女め、おれの実力を思い知れ。

詐欺テクを使わなくても、おまえひとりくらいおれの物にするのは、わけないんだ。

気がつかないうちに、おれは千也子の乳房を揉《も》みしだいていた。

「やめて。あなたのこと嫌いになりそうよ」

おれの内側で猛《たけ》り狂っていたものが、このひとことで急に大人しくなった。無理に吠《ほ》えたてていたのか？　違う。

おれはなおも暴れる千也子をバス・ルームから引き出し、ベッドに倒した。

跳ね上がる両腿《もも》の間に腰を押しこんで重なった。

「こらあ」

と千也子が叫んだ。婆さんの声で。

「え？」

とドアの方を向いた瞬間、男だけしか感じられない激痛が股間《こかん》から脳天を貫いた。

声もなくそれを押さえようとした手は、それを摑んだ別の手に邪魔された。

「今度おかしな真似したら、握りつぶすからね。わかった？」

必死にうなずくしかなかった。

「おーい、結婚詐欺師いい」

婆さん――蛇骨婆あの声に意識を向ける余裕もない。しかし、声は聞こえた。

2

「〈区役所〉の連中はいなくなったぞ。あたしの言ったとおり、玉藻に操られてただろ。さ、早いとこあたしをお入れ。それがあんたたちのためだよ」

「ちょ、ちょっと待って」

おれの代わりに千也子があわてた。もう服を着ている。

「ねえ、どうするのよ？」

おれに訊くな、莫迦娘。

「……駄目……だ」

おれは蚊の鳴くような声で言った。

「あ。駄目だって」

ぬけぬけと伝えた瞬間、

「お黙り、小娘！」

凄《すさ》まじい怒号が走った。

千也子が、きゃっ⁉ とおれにすがりついてきたほどの憤怒にたぎる声であった。

「さっさとお開け。あんたたちを助けてやれるのは、あたししかいないのだよ。〈区長〉の件も教えてやっただろ」

「そう言えばそうね」

千也子は考えこんだ。落ちかかっている。おれはあわてたが、まだまともな声も動きも示せなかった。

千也子はおれの方を見て、

「入れちゃおか？」

ときたもんだ。

「やめ……ろ」

「入れちゃうね。あのお婆さんなら大丈夫よ」

どうして、こう簡単に生命の危険を冒《おか》せるんだ。

結局はおれの問題だからか。

千也子はドアに駆け寄った。

「よ……せ」

おれは膝立ちの格好で躙《にじ》り寄ろうと努《つと》めた。

千也子がドアノブに手をかけるのが見えた。

「あっ⁉」

と叫んだのはおれじゃなかった。

老婆の悲鳴がその声に重なった。

「お婆さん――殺されちゃった！」


なにィ？

「おれだよ」

ギリスの声であった。

「いま、鷺尾さん、出られません。お腹こわしたみたいで」

「婆あがどうなったか教えてやりな」

「たちまち、糸でつながった骨になっちゃいました」

「玉藻のからくりだ。危なかったな。朝まであと六時間――頑張れ。絶対に開けるな」

力強く励ました声が、突如《とつじょ》、驚きの叫びに変わった。

「どうしたの⁉」

ドア・スコープを覗きこんだ千也子が、声を失い

――


「母さん⁉」

とおれの方を見た。

「見張っていた甲斐《かい》があったわ」

陰々たる玉藻の声は、邪悪な歓びに溢れていた。

「あの方を私の手から逃がしてきた元凶は、おまえですね。私は玉藻。この怨《うら》み、今こそ晴らしてくれる」

「待て。話し合おう」

とギリスの声。

間抜けたこと言いやがる。

「あの人殺されちゃうよ。開けよう」

千也子が血相を変えた。

「開けるな」

ギリスが低く命じた。

同時にそれは凄まじい苦鳴に変わった。

「——どうした?」

「母さんが睨んだら、ギリスさんの首が抜けて——」

「…………」

「——でも、それを摑んで戻したわ。凄い。きゃっ、今度は右腕が。それも元通りに……」

「やりますね」

玉藻は感心していた。

「ですが、両手を抜いたら、どうします?」

「千也子——開けろ」

おれは低く命じた。

「開けるな」

ギリスが止めた。

「あの女も入ってくるぞ」

「千也子——開けろ!」

ドアは開かれた。

「莫迦が!」

ギリスがとび込んできた。その向こうに絢爛《けんらん》たる衣裳に身を包んだ玉藻と輿《こし》がはっきりと見えた。

ドアにとびかかって閉め、ギリスは激しく息をついた。

「あの女——とんでもない化物《ばけもの》だぞ」

と言った。

「わかってるよ」

おれは弱々しく答えた。

「だが、あんたのおかげでもうじき縁が切れる。もう一〇時か。あと六時間の辛抱だ」

「何とかなるさ」

と、ギリス。

おれは元気づけるために、自信をこめて言った。

「ここは鉄壁だ。シャワーでも浴びてこい。一杯飲ろうぜ」

ギリスもうなずいた。

外をうろつく玉藻のことは忘れて、おれたちは酒盛りをはじめた。

「なあ、ギリス、このスコッチも偽物なんだろ?」

「勿論だ。そのハムもチーズも、ここにあるものは、みいんなからくりさ」

「何から出来てるんだ?」

おれはグラスの中の琥珀《こはく》色の液体を見つめた。

「本物のスコッチさ。ただし、ひとしずくを一〇万分の一に薄めてある。醤油《しょうゆ》でも良かったが、おれにも良心はあるしな」

「このチーズも?」

千也子が訊いた。

「それは黄色いスポンジの切れ端だ」

千也子が眼を剝《む》いて、おえ、と言った。

「このペテン師が。おれよりエグいことをするな」

「〝からくり〟の存在意義は、相手の目をくらますことさ。できれば一生、な。あんたとどう違う?」

「むむ」

「同じ穴のムジナだ。少しは慎《つつし》み深くなったらどうだい、ボス?」

「うるさい」

おれはそっぽを向いて飲みはじめた。腹の立つことに、千也子はギリスとばかりおしゃべりし、乾杯し、挙句《あげく》の果てに、抱きついたり、じゃれたりしはじめた。

そのうち酔いが廻ったのか、ギリスは真っ先にダウンし、千也子も後を追うように、ソファに横になった。

おれもそうしたかったが、怒りのせいか酔いが寝る方角へと進まず、内側へこもって陰火のごとく燃えはじめた。

どう考えても、おれの前でおれ以外の男とイチャつく千也子が許せなかった。それはギリスがいるからだ。雇い人の分際で、この鷺尾より女にモテようとはいい度胸だ。思い知らせてくれる——ここに辿《たど》り着くまでブランデーを丸々一本空けた。アルコール分は一〇万分の一だとわかっていても、いやあ効く。

都合がいい。

おれは酔ってる酔ってるとつぶやきながら、床の上でひっくり返っているギリスのところへ行った。

でかいイビキかきやがって。

襟首を摑んで、おれはギリスを戸口まで引っ張っていった。

「おまえなんか、おまえなんか、あの女の仲間だ。ひっく。仲間んとこへ行っちまえええ〜」

ドアを開けると同時に、おれはギリスを放り出して、ドアを閉めようと——

ドアはすでに閉じていた。

おれは、庵の外に立っているのだった。

「ど——」

「どうして？ と訊きたいのでしょうか。愛しい方？」

足下でした声は、間違いなく玉藻のものであった。

おれはギリスを見下ろした。

玉藻だった。

「おまえ——いつから？」

「ついさっき。お二人を見送っていた私は、からくりでございます」

「ど、どうして今まで？」

「あなたを驚かすためですわ。ずうっと私と一緒だったなんて、もう逃げる気にはなりませんでしょう?」

華麗な和服姿が立ち上がり、その足下に、ばらばらと塵のようなものが舞い落ちた。

ギリスの名残《なごり》だろう。玉藻はからくりと言ったが、どんなからくりなのか、おれには想像もつかなかった。

ひんやりと、玉藻の手がおれの手を取って、前方の輿の方へと引いていった。いくら絶望したといっても、女ひとりをふり払うくらいの力は残っている。だが、おれは抵抗もできずに連れられていき、玉藻の取り巻きに、たちまち玉藻もろとも輿へと上げられてしまった。

何ともいえない横たわり心地のいい敷物の上で、

「僕をどうするつもりだ?」

と訊くと、玉藻は艶然と微笑んだ。

「何を仰っしゃるかと思えば。私があなたを求める理由《わけ》はただひとつ――この街で天上の暮らしを実現するためでございます」

「――なに、ここで⁉」

おれはとび上がった。

「まさか――〈新宿〉で? 何のために⁉ 東北《とうほく》の実家じゃないのか⁉」

「東北は寂しすぎます」

「はあ?」

「私は東北《みちのく》の家で何不自由なく育ちました。そのあいだ中今まで、氷のように私をひたしていた感情は、たとえようもない寂しさでありました。あなたに結婚を申し込まれたとき、これまでの男性とは全く別の、身内が震えるような精神《こころ》の昂《たか》ぶりを感じたといっても、わかってはいただけないでしょう。私があなたから受け取ったものは、おびただしい生命と欲望とが溶け合った〈都会〉そのものだったのです。その瞬間、私は決意いたしました。この方と一緒に、この方の街で生きよう、と」

「僕は東北のほうがいいなあ」

おれは心の底から言った。こんな女と〈新宿〉で暮らしたら、連日連夜化物ややくざと抗争しなくちゃならない。この女なら誰が相手でも勝てるかもしれない。だが、その戦いぶりを想像しただけで、おれは血の気が退いてしまった。

「ね、東北へ行こう」

「何故ですか？」

「〈新宿〉は狭い。君の望むような広い家はとてもじゃないが持てないよ」

「ご安心下さい。里の家を移築いたします」

「どど何処《どこ》へ？」

「中心がよろしいでしょう」

「おい――先に住んでる人がいるんだぞ」

「出て行けば済むことですわ。それなりのお礼はいたします」

「金か？」

「はい」

おれはふと、気がついて、

「からくりじゃねえだろうな？」

「よくご存知で」

「いい加減にしろ。この街がどんなところかわかってるのか？　いくら君だって一晩で消されちまうぞ！」

「ほほ、面白いことを」

玉藻は低く笑った。おれの血が凍りついた。マジ血流が止まったのだ。

「消されるのはどちらかしら。いいえ、たとえ私のほうだとしても、そのときはこの街も一緒に。いいえ、その前にこの街を変えてごらんにいれますわ。私の――水王玉藻の街に。つまり、あなたの街に、でもありますのよ」

「そんな街いらない。婚約は解消してくれ、頼む」

白い美貌《びぼう》が、今度は心臓が止まりそうな不気味な笑みを見せて、

「今更なにを。私をその気にさせたのは、あなたのほうですのよ」

「そりゃま、そうだが。しかし――」

「では、いったん里へ戻りましょう」

玉藻の言葉は、おれを唖然《あぜん》とさせた。

「あなたと私の結婚衣裳も仕立てなくてはなりませんし、供の者も必要です。ここはやはり」

「里帰りか」

おれは絶望的な気分になった。

「もういい。好きにしろ。だが、条件がある」

「何でございましょう？」

「あんたの娘に手を出すな。あんたが〈新宿〉へ来るなら、〈区外〉か実家へ戻せ」

おれは身の毛がよだった。玉藻が沈黙したのだ。

「おい」

「よろしゅうございます」

玉藻はうなずいた。

「――ですが、あなたと一緒にいるからくり師――ギリスとやらは許せません」

「あれはこの際、まかせる」

少しの良心の痛みも感じず、おれはうなずいた。

「煮て食おうと焼いて食おうと、好きにしてくれたまえ」

玉藻はうなずいて扉を開け、顔を出した男に何やら耳打ちした。

「一〇分ほどで到着いたしますが、三〇分に延ばしました」

「はあ」

玉藻の表情が変わった。この女はこんな顔ができるのかと、おれは正直、驚くより感動した。

してから青くなった。玉藻が躙《にじ》り寄ってきたのだ。

「君、こんな狭いところで」

「私たちの愛の交歓に比べれば、広さなど何ほどのこともありません。あなたは黙って私にまかせておけばよろしいのです」

と妖しくささやいてから、

「でも」

「え？」

「…………」

「――でも、何だ?」

「……私の夫なら妻を歓《よろこ》ばせる責任がございます。それを果たせない場合のお覚悟を」

「え?」

なんて好色な顔してやがる。好きものの妖怪か。

身の毛がよだった。

3

騙しやがったな。いわく言い難《がた》いセックスの果てに、おれが抱いた感想はこれだった。何が三〇分だ。三時間もねっちり頑張らせやがって。おれをペテンにかけてどうするつもりだ。おれは足元の布団に横たわる玉藻を見下ろした。豊かに盛り上がった尻肉をくすぐると、玉藻は身悶えもせずにこちらを見上げた。

「……何てことでしょう……」

東北の貴婦人は、瀕死《ひんし》の息を吐いた。

「私としたことが……殿方の前で……こんな不様な……醜態《しゅうたい》をさらすなんて……いま誰かに見られたら……死んでしまいます」

ねっとりと欲望にまみれた、しかし、情感に溢れた眼差《まなざ》しが、おれを見上げて、

「私を裸にして……ご自分は上衣を脱《ぬ》いだだけ……それでいてこんな……どんな手をお使いになったのですか?」

おれは右手へちらと視線を落とし、この手だよと胸の中でつぶやいた。おれ自身、意外な効果に驚いていた。

結婚詐欺師は口先だけでイケる仕事じゃない。耳の聞こえない相手も口説《くど》かなきゃならない場合もある。そんなとき、物を言うのは、やはりアレだ。

自慢じゃないが、おれはアレが先天的に上手かった。

生まれ故郷を四歳で出る羽目になったのも、隣り

近所の親やら亭主やらが、総出で怒鳴りこんできたからだ。向こうが歓んだという四歳のおれの主張は容《い》れられなかった。

こんな目に遭ったら少しは大人しくしようと思うものだが、おれはちっとも考えなかった。

——将来、役に立つ
これだ。

特に腕を磨く必要はなかった。天性とか天稟《てんぴん》とかいうのはそういうものだ。一万人にひとりか二人は口説きが通じない女がいる。アレはそういうときのためにあるのだった。

おれの指の動きひとつで、頭のてっぺんから足の指先までおれを疑っていた女が悶え抜き、のたうち廻って、終《しま》いには全身痙攣《けいれん》に襲われて白目を剝く。例外はいなかった。

どんな女でも騙し抜いてきたおれの秘密はこれだ。しかし、まさか、化物にも効くとは。

「あのさ」

おれは汗ばんだ美貌に顔を近づけ、耳もとでささやいた。

「もう一遍する？」

「お許しを」

玉藻は怯えの表情になった。

「いま、またあんな目に遭わされたら……死んでしまいます」

おれは必死に笑いをこらえた。人間の首を平気でとばす妖女が、こんな台詞《せりふ》を洩《も》らすとは。

玉藻は首を垂れ、うつ伏せになった。豊かな乳房が胸の下でつぶれた。

「もっと早く気がついてりゃな」

おれは桜色に息づく裸身に近づき、首のつけ根に人さし指を当てると、ゆっくりと背骨の上をなぞり下ろしていった。

「あ……」

それだけで、玉藻は身悶えした。

「やめて……助けて」

「ダーメ」

爪を立てた。

ヒイ、と叫んで玉藻は全身を波打たせせた。火のような息が寝具の上を這った。

「濡れてる？」

おれは容赦《ようしゃ》なく訊いた。

「そんな――いいえ」

「そうかなあ」

指は尻の間に達していた。

「あ、そこは――いけません」

「るんるん」

おれは構わず前進させた。

「あーっ⁉」

玉藻はのけぞった。これは感じてる声だ。そこは、そこは、と叫んでおれの手を摑む。力は入っているが、押しのけられる程度だ。ぐうっと第二関節から、ほおれ、つけ根まで。

「やめてやめて」


外から、着きましたと声がかかるまで、おれは玉藻を責め抜いた。何度か失神した。そのたびに起こした。失神の寸前、この気位の高い東北の女は、高く潮を吹いた。玉藻が輿を降りるまで、数分を要した。

それでも扉が開くや、背はすっきりとのび、淫《みだ》らさが掻き消えた顔には、いつもの冷厳さが霧氷のごとく満ちた。後について降りながら、大したもんだと思った。

だが、もう怖れる必要はなかった。女を自由にするには寝るのがいちばんだ。玉藻も例外ではなかったのだ。

輿を降りたおれを待ち構えていたのは、千也子から聞いたとおりの壮大な屋敷と大工場だった。

いつの間にか夜は白々と明け、風は冷たい。東北の風だった。

玉藻の案内で、おれは屋敷ではなく工場へ導かれた。輿はその玄関前で止まっていたのだ。

玉藻の他に同行者はいなかった。

天井から注がれる古い裸電球の明かりが、おれたちの影を床に落としている。

広い廊下は油を塗った木製で、壁は煉瓦《れんが》を重ねてある。靴底と木の触れ合う音は、妙に耳に心地よかった。床も壁も古い時代の品なのは一目瞭然だが、危なっかしい感じはゼロだ。よくよく頑丈に造ってあるに違いない。

廊下の左右には木のドアが並んでいる。時折り鉄のそれに変わった。その奥で何が行われているのか、今のおれには気にする余裕があった。

何度も階段を下り、廊下を曲がった。いつの間にか木の響きは絶え、石のそれが取って代わった。

煉瓦のアーチの下を抜けたような気もする。かたわらを運河のような黒い水が流れているのも見えた。それなのに少しも足は痛くならなかった。

不意に皓々《こうこう》と明かりが弾ける場所に出た。

おれは眼を剝いた。

講堂や体育館を思わせる広大なスペースを何千体もの玉藻が埋《う》めている。

揃いも揃って、いまと同じ衣裳をまとい、合わせて幾らになるのかと、おれはぼんやり考えた。

声と同時に、おれは天井を向き、そこから降ってきた声の主は虫のように床に着地した。

「よく来た」

おれが向き直ったとき、そいつは黒い羽織袴《はかま》に身を正した禿《はげ》頭の老人と化して、おれの前に立っていた。長い髭が床すれすれだ。

おれの肩までくらいしかない小柄だが、ひと目で只ものじゃないどころか、〈新宿〉でも滅多にいない妖気の持ち主だと知れた。

間違いない。こいつが千也子の話に出てきた爺《じい》さんだ。

あまりに正面切って吹きつけてくる妖気に、おれは玉藻を探し求めたが、姿は見えなかった。ひょっとしたら立ち並ぶ自分の間に紛れ込んだのかもしれない。理由はわからないが。

老人はにやりと唇を歪《ゆが》めて、

「ようこそ。わしは儀右衛門《ぎえもん》じゃ」

と名乗った。その間もおれをしげしげと眺めて、訳がわからんという表情で首を横にふった。

「おぬしが玉藻の彼か。信じられん。もう少し男を見る眼があると思っていたが」

歯に衣着《きぬ》せぬと言っても、ものには限度がある。しかし、おれは怒りを抑えた。ここで喧嘩《けんか》になったら、おれは孤立無援に近い。

「あの——玉藻さんの、お父さんですか？」

できるだけ丁寧《ていねい》に訊いてやった。

爺いの顔は妙な形に歪んだ。肯定だ。しかし、何処か違っている、という表情だ。

「そうじゃ。父親、じゃな」

おめえの娘はおれの女《いろ》だよ、と言ってやりたいのをこらえて、

「この人形は？　玉藻さんと瓜《うり》ふたつですね」

「それはそうじゃ。作りものは、いつか壊れるからな」

「はあ」

「作りものを永遠に生かしておくには、永遠の数だけ代わりをこしらえておくしかない。わかるな？」

「何とか」

はっとした。この大工場はそのためにあるのか。しかし、永遠体、永遠個って数字で表わせるのか。

「ここは、あれですか？　人形の大量生産工場なのですか？」

「ま、そうじゃ」

「玉藻の人形も、他の家族のも、ここで？」

「当たり前じゃろうが。さて——あんたにも加わってもらおうかの」

老人が揉《も》み手《で》をはじめた。

「そうですか」

と言ってから、老人の言葉の意味に気づいて、おれはギョッとした。

「僕も？　僕の人形をこしらえるんですか？」

老人はうなずいた。その無表情と眼の光がおれの身体をさらに冷たくさせた。

「悪いけど、自分の人形がここに何万体って並ぶのを想像すると、気分が良くありません。お断りします」

「そうはいかん」

老人は低く宣言した。

「おまえが玉藻の婿《むこ》になることはもう反対はせん。だが、我が一族に加わる以上、人形づくりは必須事項じゃ。大人しく従うがいい」

「やですよ」

おれはこの部屋へ入った瞬間から、逃亡ルートを捜していた。入ってきた戸口しかなかった。でかすぎる上、数万体の玉藻のせいで何処に何があるのかさっぱり見えないのだ。

後じさり、後じさり。当てはないが、後じさり。

肩に乗せられた手が、おれをストップさせた。

「諦めろよ、ボス」

愕然《がくぜん》とふり向いたおれの前で、ギリスは苦笑を浮かべてみせた。

「お、おまえ、どうしてここに⁉」

気がついた。

「おまえも——人形か⁉」

儀右衛門の方を見た。

「そういうこっちゃな」

「玉藻から聞いたのか？　瓜ふたつだ」

「いいや、資料があったのじゃ」

「資料？」

「玉藻の術をもってしても破れぬ守り庵《あん》を作り出した男。蔵にある古い本をめくってみたら、確かに載っておった」

「古い本——って、いつの？」

「延暦《えんりやく》二〇年——桓武《かんむ》天皇の命により、坂上田村《さかのうえのたむら》麻呂《まろ》が陸奥《むつ》へ蝦夷《えみし》征伐へ向かった年の日記じゃ」

「日記？　誰の？」

「わし、よ」

延暦二〇年といえば、西暦で八〇一年、平安遷都《へいあんせんと》の七年後だ。この爺いは一二〇〇年以上も生きてるのか。

いや、そのときの記録に残っているギリスという男は――

「あいつ――何者だ？」

おれは虚《うつ》ろな声でつぶやいた。爺いが教えてくれるのを期待している響きだった。

第十章　傀儡《かいらい》史

1

「こっちへ来い」

爺い——儀右衛門に言われて、おれは彼の後をついて玉藻の間を歩き出した。ギリスはついてこない。

前も後ろも右も左も玉藻だ。本物がこっそりついてきても、まずわからない。

息がつまりそうになったとき、眼の前に別の空間が開いた。

「わ!?」

足の下に床はなかった。

落ちていく。

「わあああ」

声はいつまでも続き、急に止まった。

おれは広い石の部屋の中に立っていた。上を見たが、特に穴のようなものはない。

「からくりじゃ」

「え?」

前方で声がした。儀右衛門がうすい笑いを浮かべておれを見つめていた。

「空間もからくりじゃよ。わしらはほれ、石段をひとつしか下りておらん」

ふり向くと、確かにそのとおりだった。古い鉄扉が、それまでいた場所とおれを隔《へだ》てていた。

改めて見廻すと、ここは書庫らしかった。

運動場くらいありそうな空間を、〈京王プラザ〉くらいの高さがありそうな本棚が囲んでいる。あまりの壮大さに、おれは本のタイトルひとつ読む気が起こらなかった。それでも興味は引かれた。

誰の意識の中にも、本、古書、値打ちもの、というラインが備わっているはずだ。で、おれの眼は自然と、古書ばかり集めた本棚を追い求めた。

「これじゃよ」

かたわらに置かれた木製の丸テーブルに、本のミイラとしか思えない黄ばんだ紙束が置かれた。保存状態はいいらしく、途方もなく古そうだが、あまり傷《いた》んではいない。白い和紙で丁寧にとじてあった。

表面にかすれた墨《すみ》文字で、
傀儡《かいらい》史
とある。

「読めとは言っておらん。せめて内容を説明してやろう」

爺いがえらそうに言ったとき、おれはあることに気づいて愕然となった。

この丸テーブルと椅子——いつからそこにあった？　さっきまで何も——いや、いま見たときも丸テーブルだけで、椅子なんか見当たらなかったのだ。これもからくりか。

「おまえも薄々勘づいていると思うが、わしらは傀《かい》儡師《らいし》——代々、傀儡《からくり》をこしらえてきた一族じゃ。からくりだからと言うて、歌を歌う人形やチェスさし器、茶運び娘等々のオモチャを思い浮かべてはならん。わしらのからくりは、人間どもの歴史の裏に息づきつつ、彼らの世界をも支配してきたのだ」

「支配？」

この爺い、おかしいんじゃないか。誇大妄想狂って、こういう奴のことに違いない。

爺いはテーブル上の古くさい真空管ＴＶのスイッチを入れた。こんなものいつから？　と思いながら、おれは一四インチの古いブラウン管の中で演説する男の姿に気を取られた。確か、昭和二〇年代——戦後すぐの〝ワンマン〟首相だ。

すぐ画面は変わった。

おお、第二次大戦中のドイツの大総統殿だ。もうひとりは、同じ時期のアメリカの大統領、三人目はイギリスの葉巻が名物のでぶ首相だ。

これがどうした？　と考え、次の瞬間、おれは総毛立った。

狭苦しい画面の中で、三人が親しげに肩を組んでいる。そんなシーン、見たことも聞いたこともないぞ。

「彼らはまぎれもなく、当時の国民を率いた指導者だ。肌のどこでも傷つければ、赤い血が流れる。だが、生きてはおらん。彼らはみな、わしらのこしらえた作りもの――からくりじゃ」

おれはあわてても、驚きもしなかった。〈新宿〉に暮らしていれば、大概の異常事態には慣れっこになってしまう。

ネアンデルタールをクロマニヨンに変身させたのが、この爺いの一族だったとしても、南極大陸がハリボテだと気づいたアムンゼンが、それを口外しないままにくたばったとしても、アフリカ大陸の全動物が紙と針金細工だったとしても、おれは驚きなんかしない。

大体、陰謀史観なんぞ時代遅れもいいところだし、それが本当だとしても、世界は何とかやってくのだ。

――すべては、からくりじゃ
そうかい、てなものだろう。この世を陰で操ってる連中がいて友人や家族、そして、自らの死までもそいつらの自由だとしても、自分という意識がはっきり存在する以上、おれはおれだ。悲しむ必要なんかない。

「ほお、我が一族と世界の関わり合いを知っても、驚かぬようじゃな」

「当たり前だ。この地球があんたの一族のこさえたハリボテだと知っても、驚きゃしない。世界にはどんなことでも起こり得る。あんたも〈新宿〉に三日間暮らしてみれば、これが人生訓になるぜ」

「ふむ」

老人は何やら考えこんだ。眉間《みけん》に皺《しわ》が寄っている。面白い。何か屈託《くったく》を抱えこんだらしい。ざまあみろ。

「〈新宿〉か。あの街だけは、わしらの手にも負えなかった。わしらとは別種の〝力〟が路地の隅々にまで行き渡っておる。あれが何なのか、あの街が誕生してから今日まで、ついに見当もつかなんだ」

「それが〈新宿〉さ」

「かもしれん。この世界で唯一、水王一族のからくりも及ばぬ世界がある。いや、あった」

　儀右衛門は笑った。その意味がわかるだけに、おれは総毛立った。

「〈新宿〉を〈新宿〉たらしめている力の謎を、わしらはある程度、解析に成功した。そして、〈新宿〉侵寇《しんこう》を決めたのだ。無論、そのためには事前の地下工作が必要だ。玉藻の結婚はその一環だった。最も〈新宿〉らしい人間のサンプルを水王の本家へ入れ、我らと同じ存在にする。契《ちぎ》りを結ぶとは、そういうことだ。おまえも異存はあるまい」

「あるよ」

　とおれは大あわてで言った。

「あんたたちと同じ存在てな何だ？　そうなったらどうする気だ？」

「すぐにわかる。すでに〝〈新宿〉水王家の契りプロジェクト〟は稼働しているのだ」

　失敗するぜ、爺さん、とおれは胸の中で言った。なんてダサいタイトルだ。途方もないプロジェクトほど出だしが肝心だ。ここで生じたミスは知らぬ間に癌《がん》細胞のようにプロジェクト全体を蝕《むしば》み、気づいたときはもう手のつけようがない。

　女だってそうだ。でかい獲物ほど、最初に締めつけておかないと、縄を切って暴れ出す。取り返しがつかない。浜松の夕岐子みたいになるのだ。

「失敗すると思っているな？」

　儀右衛門の笑いはさらに深くなった。

「だが、外堀は着々と埋められつつある。〈新宿〉にどれほどの一族が入りこんでいるか知っておるか」

「みんな、あんたの一族みたいなもンさ」

　おれは心の底から言った。

「見るがいい」

　一四インチが別の顔を次々に映し出して行った。

げっ、〈副区長〉、〈経済企画課長〉、〈運輸課副課長〉、〈観光協会会長〉、〈流通センター主事〉、〈マスコミ研究団副団長〉、〈新宿警察署長〉ｅｔｃ ｅｔｃ……

こりゃいかん。確かに〈新宿〉の中枢を握られている。

「じき、〈魔界都市〉は我らのものになる。単にひと握りの指導層のみではないぞ。住民ひとり残らずだ。——ん？」

爺いはおれの顔を見たに違いない。

「——何がおかしい？」

「ど田舎のイカれた妄想を現実化するには、ピントが外れてるよ」

「なにィ？」

「住民ひとり残らずだって？ あんた、〈新宿区民〉てな、どんな奴をいうか知ってるのか？」

爺いの眉が訝しげに寄った。

「東北じゃ大した一族かもしれないが、〈新宿〉に関しちゃ、やっぱりただの田舎者だな。〈区役所〉や〈警察〉のトップばかりが〈新宿〉の代表じゃないぜ」

おれは二つの名前を挙げた。

「ひとりはせんべい屋、もうひとりは医者だ。この二人を何とかできない限り、あんたに〈新宿〉を云々《うんぬん》する資格はないね」

爺いは嚙みしめるように二つの名前を呼んだ。

「……その二人は……真っ先に取り込もうと試《こころ》みた」

「ふむふむ」

おれはにやりと笑った。

「それでどうなった？」

「——すべて失敗に終わった。四度目を終えた時点で、あの二人には一切手を出していない」

「ひどい目に遭ったか？」

爺いは口をつぐんだ。自信満々だった表情は、恐怖に白ちゃけていた。そうとも、あの二人と——

〈新宿〉の化身《けしん》とやり合えばそうなるんだ。どんな化物だろうと権力だろうと、例外はひとつもない。

「だが、所詮は二人だ。放置すれば我々の計画に何程のリスクも生じん。それよりも、おまえにも一族の使命を果たしてもらおう」

「何だい、そりゃ？」

急速に現実が戻った。全身に鳥肌が立つ。

爺いが手首を摑んだ。いつ近づきやがった？

逆《さか》らおうと思ったが、力は一切出なかった。おれは引かれるままに、奥へと進んでいった。それでも何とか踏んばったりしていると、

「逃げたいか？」

と訊かれた。

「いや、そんな」

「隠すな。今すぐ運命への従い方を教えてやろう」

爺いは右手を上げた。小さなベルを摑んでいる。

それを鳴らすと、廊下前方にある左右のドアが開いて、小柄な人形が波のようにおれの方へ向かってきた。

「わあああ」

悲鳴が出た。廊下を埋め尽くす人影は、すべて儀右衛門の爺いだった。

それがおれを取り囲み、歯を剝いて笑ったのだ。

数千人の爺いの中におれはひとりだった。

「逃げたいか？」

返事もできず、おれは最初の儀右衛門に引かれるまま、廊下を進んでいった。儀右衛門の海に囲まれてだ。

やがて、ある部屋へ入って、連中を締め出したときには、安堵《あんど》のあまりへたり込むところだった。

「――どうだ、凄いじゃろう？」

得意そうな爺いへ、

「あれは……みんな……あんたの……人形か？」

「からくりと言え」

「あんなものこしらえて、どうするつもりなんだ？死んだら奴らが跡を継ぐのか？」

「そうなるな。基本的な認識の間違いはあるが」

「ここはオモチャの製造工場か？　こんな大規模なの建ててどういうつもりなんだ？」

「何もかもじきにわかる」

爺いは手を離さなかった。

おれは部屋の中央にある木の台の方へ連れていかれた。

どう見ても手術台だ。

「やめてくれ」

おれは哀願した。

「ここで玉藻としあわせに暮らしたい。助けてくれ」

「殺しはせん。おまえは玉藻の夫として、水王家の主人になるのだ。たかが結婚詐欺師にすぎないとしてもな」

「余計なお世話だ。やめてくれ」

周囲に気配が蠢《うごめ》いた。

「蛇骨婆あ助けてくれ。ギリス、何してる？　おれは雇い主だぞ」

「ほほほ」

爺いはおれの頭と足を押さえた連中を指さした。

「よく見ろ。そして、諦めい」

その意味を理解はしたくなかった。おれはもう彼らを見ていたのだ。

おれの両手を押さえつけた婆あと、両脚を抱えこんだギリスを。

2

「おまえたち裏切るのか？　放せ、糞《くそ》婆あ、莫迦野郎」

両手両足に鉄の枷《かせ》を嵌《は》められたとき、おれはようやく気がついた。

「こいつら――人形か？」

「そうじゃ」

爺いは腹を抱えて笑った。

「本物はまだ、おまえ同様、仲間にはなっておらんのでな。だが、それも時間の問題じゃ」

「おれなんか人形にしても、何にも役に立たないぞ。やめてくれえ」

「安心しろ、すぐに済む」

「安心なんかできるか。おれを解放するんだ」

喚《わめ》く自分の声に重なって、おれはぶうんという音を聞いた。アブや蚊の羽音じゃない。

頭上から二機のマジック・アームが下りてきた。先端が激しく回転している。円鋸《まるのこぎり》だ。

「生きたままバラバラにするつもりか、やめろお」

「安心せい。麻酔はかけてやる」

「そんなものかけてどうなるんだ。やめろやめろやめろ」

鋸と一緒に下りてきた針状の先端がおれの頸《けい》動脈に突き刺さった。

脳に冷たいものが広がっていった。

すぐに気がついた。身体がゆすられている。悲愴《ひそう》な顔が、眼の前でおれを見つめていた。

千也子だった。

「——何して……る？」

声が定まらない。薬が効いているのだ。

「助けに来たわ。一緒に来て」

「……しかし……おまえ……こんなところへ……どう……やって？」

「あたしの実家よ」

そう言やそうだ。いつの間にか手枷と足枷は外れていた。ひょっとして、爺いの目論見《もくろみ》は成功したんじゃないかと、背すじに冷たいものが走ったが、身体にも頭の中身にも異常はない。

千也子についていくと、ケタクソ悪い手術室の奥に別の出入口があった。

やってきたのと同じ様子の廊下がつづいている。

「妙に静かだな」

「本当ね。原因はあたしにもわからないわ」

「まさか、奴ら、みんなで〈新宿〉へ出かけたんじゃないだろうな?」

「…………」

ドアが近づいてきた。千也子がノブを廻して引いたが、動かない。

「——ここが駄目だと、他もか」

千也子は途方に暮れた表情になった。すぐにかぶりをふって、

「ううん、もうひとつある」

と言って、切羽詰まった顔でおれを見つめた。

「ね、眼をつむって。黙ってついてきて。そして、絶対にしゃべっちゃ駄目。あたしがいいと言うまで絶対に」

嫌な予感がしたが、ここで駄々をこねても始まらない。おれはうなずいた。

新しいドアを抜けたのは、二分とたたないうちだった。

約束を守っているから、広さも誰かいるのかもわからない。

だが、身体のあちこちに固いものが触れたので、身の毛もよだつ事態の想像がついた。

ここは、人形の倉庫じゃないのか。数限りない玉藻が並んでる中を、おれたちは移動してるんじゃないのか。

それでも足は止まらなかった。ここでへたばったらおしまいだ。

「着いた!」

歓喜に満ちた千也子の声がするまで、どれくらい時間がかかったかはわからない。

ドアを開く音を聞いて、おれは眼を開けた。

つい、ふり向いてしまった。

眼を剝くより早く、

「うおっ⁉」

「莫迦っ⁉」

千也子が凄い力で肩を摑んだが、もう何にもならなかった。

眼の前にも千也子がいる。さっきの玉藻と同じく

地平の涯《は》てまで並んでいるように見えた。

「お、おまえも人形か？」

いや、おれに触れる手は人間のものだ。

「こいつらは何だ？　おまえは人間だが、これは人形のための人形だ。ああ、訳がわからん」

突然、おれは変化に気がついた。最初はよくわからなかった。無数の千也子は身じろぎひとつしたようには見えなかったからだ。

眼だ。

数千数万体の千也子が、一斉に眼を開いたのだ。

「脱出よ！」

柔らかい千也子が廊下へとび出し、おれも後を追った。

「何でしゃべったのよ、莫迦！」

「すまん」

背後に気配が生じた。ふり向いて、想像はしていたものの、全身の血が退く音を聞いた。

廊下いっぱいの千也子が追いかけてくるのだ。


おれは悲鳴を上げて走った。

「つつ捕まったらどうなる!?」

「知らない。あーっ!?」

急停止した千也子の前方に、これもおびただしい人形が見えた。

「わっ、儀右衛門だ！」

想像してくれ。数千人の美少女と爺いがこっちへ突進してくる様を。

「他に逃げるところはあるか!?」

立ち往生《おうじょう》状態で訊いた。

「知らない」

「なら、こっちだ！」

廊下にはドアが並んでいる。何があるのか知らないが、そこへ入るしかあるまい。

「待って、そこは!?」

千也子の声が聞こえたが、もう止まらなかった。

「ドアを閉めろ！」

背後のロック音を確かめ、おれは激しく喘《あえ》いだ。

駆けっ放しだったのだ。ここもだだっ広い部屋だが、入場者がゼロなのは見て取れた。

問題はあちこちに並んだ人形だが、これはモデルみたいなポーズを取ったまま動かない。マネキンだ。

「助かったぞ」

おれは心臓の具合を気にしながら千也子へ声をかけた。

返事はない。

「なあ？」

「そうかしら」

石みたいな返事が返ってきた。

「え？」

千也子はふり返ったおれの背後を見つめていた。

無表情な顔というのは、大概の場合、恐怖のために表情を喪失した顔のことだ。

元の位置へ戻るには、少し勇気が要《い》った。

マネキンをこしらえたのは、狂人か変態に違いない。

マネキンはどれも全裸で、しかも喉から下が断ち割られ、内側を剝き出しにしていた。

歯車とベルトと梃子《てこ》を配置した腹の中を。左右は石の壁だ。マネキンの列の彼方《かなた》には一〇メートルもありそうな女巨人が、これも内部公開に励んでいた。

「解剖博覧会か」

おれはそれでも少し気を取り直した。

「あら、笑ってる。楽しいの？」

「まあ、ね」

「どうして？　まるで切り裂きジャックの自宅よ」

「何だろうと、女だろ」

千也子は少し呆気《あっけ》に取られ、それから、

「あなたって、つくづく女好きね。母さんでもあたしでも良かったのね」

「ち、違う」

おれはあわてて片手をふった。

「おれが愛したのは君だけだ」

「何人に言ったのよ？」

「信じてくれ」

「あたしで何人目よ？」

顔中を口にして喚いた千也子の眼がおかしなものを映していた。

マネキンどもに飾られた通路の端に、ひょいと人影が現われたのだ。

ボロをまとった女だ。右手に肉切り包丁をぶら下げている。

「あいつ」

千也子の声で、おれは彼女の過去を共有した。

工場内で千也子を襲った人形だ。

血色の眼と唇が、千也子を認めてはっきりと笑った。

凶器をふりかぶるや、女はこちらへ走り出した。

「うわわわわ、来るな」

武器はない。相手は狂った人形だ。

「何とかして！」

千也子が身をすくめて叫んだ。

どうすりゃいい？　身を守る武器は？　考えろ、考えろ！

あった。

ひとつだけ。

おれは思いきり深くしゃがんだ。弱気を下腹に集め、絶叫とともに立ち上がる。弱気は吹っとんだ。

そして、女は眼の前にいた。

血走った両眼を嵌めこんだ狂気の顔へ、

「お待ち下さい、ミス」

とおれは片手で女の突進を制止した。

声は万全だ。じっと赤い眼を見つめる眼差《まなざ》しも、いつもと同じだ。

ぴたりと止まった。

女の顔がゆるみ、眼の中に恍惚《こうこつ》たる光が点る。

「やった！」

思わず口を衝《つ》いた。

おれは賭けたのだ。狂った人形を口説《くど》けるか、どうか。

「落ち着いてくれたまえ。さ、こんな物騒なものは僕が預かろう」

ふりかぶった包丁に手を出すのは、正直、おっかなかった。柄《え》を握った途端、女はそれをふりほどいたのだ。千也子が息を呑んだ。

おれはあわてず、微笑を深くして、片方の手でそっと女の頰を撫でた。

血色の瞳が、わずかに色彩を失った。いける。

おれはもう一度、包丁の柄に手をかけ、

「さあ、こんなもの僕らのこれからには必要ない」

顔を近づけて、ささやいた。

狂女がこくりとうなずき、包丁がおれの手に移ったとき、千也子が溜息を洩らした。

「あの……女」

血色の唇がかたかたと動いて、ふりかぶったままの右手が下りてきた。それは途中で止まり、おれの肩越しに背後を指さした。

「何よ?」

「あの女……許せない」

おれはうなずいた。ここはこっちの肩を持つ手だ。

「ああそうだろう、そうだろう」

「あたし……許さない……あの女……あたし……許さない」

「わかるわかる。実にイヤな娘だ。おれも困ってる」

「ひとりだけ……ひとりだけ……あたし……ひとりだけ……あたしの……に」

「ん?」

おれは耳を疑った。

何て言った? まさか——

「さ、君の家に戻ろう」

おれはやさしく狂女の肩に手をかけて、後ろを向かせた。

「あの娘のことは僕にまかせておけ。必ず君のいいようにするから。ね？」

「ちょっとお」

千也子の声が強くなった。

背中を押すと、狂女は素直に歩き出した。

「どうだ？」

おれは千也子の方を向き、できるだけ小さな声を出した。

「この人間の屑《くず》」

「——廊下はどうだ？」

「そういえば静かね」

おれはドアに近づいて、外の様子を窺《うかが》った。

物音ひとつしない。

「大丈夫そうだ。この部屋の奥に、逃げ道はあるか？」

「わからない」

「じゃ、こっちへ戻るほうがましだな。ドアを開けるぞ」

「わかった」

ロックを外し、ゆっくりとドアを——いきなり押された。悲鳴を上げる暇もなく、おびただしい人影が洪水みたいに流れこんできた。

爺いの群れだった。

3

やる気か、と思ったら、おれたちには目もくれず、部屋の奥へと押し寄せ、しかし、溜まりもせずに吸いこまれていく。おれや千也子の知らない通路でもあるのかもしれない。

二分ほどで切れた。しかし、これだけの間、爺いが押し寄せっ放しというのは凄い。数にしたら万を超すだろう。

「何があったんだ？」

おれは人っ子ひとりいない廊下を覗きこんでか

ら、千也子に訊いてみた。

「わかりっこないでしょ。お爺さんに訊いたほうが早いわよ」

もう部屋にはひとりも残っていない。

「何かおかしいわ」

千也子は世界でいちばん聞きたくない事柄を口にした。

「それはわかってる。何が、だ？」

「鼠《ねずみ》の大群って見たことある？」

「いいや」

おかしなことを訊くなと思った。

「〈新宿〉で一度見たことがあるの。うちの前——通りをはさんでマンションがあるでしょ。二階から眺めていたら、借り手らしい一家が見に来た部屋があって、次の日、業者が『妖物駆逐用妖物』を運んできたの」

〈新宿〉の不動産屋は、借り手のついた部屋の妖物悪霊を、入居前に浄化しておく義務がある。専門の浄化人《エクソシスト》や坊さん、拝《おが》み屋と契約する場合もあるが、中には化物に食わせるという手を使う業者もいるわけだ。眼には眼を、怪物には怪物《クリーチャー・アゲインスト・クリーチャー》である。

「すると、その部屋の戸口から灰色の波がどっと溢れ出てきたの。鼠の大群だったわ。もう他のものには眼もくれず通りへ出て、どこかへ消えてしまった。わからない？」

「今の爺さん軍団か!?」

おれはやっと気がついた。

「あれは追われてたのか？　だが、あの爺いの大群を逃げまどわせるなんて、一体何が追いかけてたんだ？」

「——わからない。とにかく逃げよう」

「おお。しかし、何処へだ？」

「あたしの部屋」

「そうか、〈新宿〉に続いてたな!?」

邪魔する者もなく、おれたちは母屋に辿り着いた。

「おかしいぞ、誰も出てこない。寝てるのか？」

「まさか」

　おれが来たとき、家には人が溢れていた。それが急にいなくなるとは、

「ここも、何かに襲われたのか？」

「わかんない」

　千也子は、口先だけで答え、さっさと廊下を自室の方へと歩いていく。

「あれ？」

　途中で止まった。

「この廊下、おかしいわ」

「どうした？」

「真っすぐのはずが右へ曲がってる」

「そうか」

　記憶を辿ったが、よくわからなかった。

「とにかく右へ行け」

「やよ。何だかイヤ」

　そう言って後じさりするから、おれも眼を凝《こ》らした。

　異常はない。ただの廊下がつづいているばかりだ。

　千也子の手を取って促したが、頑として動かない。

「このままだと逃げられないぞ。どうする気だ？」

　業を煮やして叫んだとき、背後から、

「私とおいで下さいませ」

げ。

　一応、ふり向いたが、正体はわかっていた。

　玉藻さまだ。

　しかも、ひとりじゃなかった。

　儀右衛門爺さんもいる。そして、二人の背後には、笑いたくなるくらいびっしりと彼らが並んでいるのだった。

「さあ、そんな小娘とは別れて私の下へおいでなさいませ、愛しい方」

　おれは激しくいやいやをした。

「悪いが、おれは〈新宿〉へ帰って、この娘と暮らす。別れよう」

「勝手なことを」

玉藻の眼が爛々とかがやきはじめた。

「まだ事態がおわかりになりませぬか。私たちは——」

「もういい」

儀右衛門がつかつかとおれたちの方へやってきて、千也子の手を掴んだ。代わっておれが歯を剥いた。

「何をする?」

「この出来損《そこな》いめが。いま片をつけてくれる」

「痛あい」

腕をねじられて、千也子は悲鳴を上げた。

「やめろ!」

ダッシュしようとしたおれの胸に、背後から二本の腕が巻きついた。

「駄目」

耳もとでささやく声は熱く、おれの腕も白く染めた。接触部から抑え切れない欲望が噴き上がってきた。これまで何人、いや何百人の男がこの女の性戯の虜《とりこ》になって夫への道を選び、東北の涯てで朽《く》ちていったのだろうか。

だが、おれの右手はすでに無意識に動いていた。

玉藻が大きく、ああと洩らして、白い喉をのけぞらせたのだ。股間にはおれの手が置かれ、しかも、動いていた。化物じみてるくせに学習能力のない女だ。おまえはもうおれの虜《とりこ》だと忘れたか。

おれはある技を指先で使った。どんな不感症でも一回で完治するどころか、色情狂に変えてしまうという奇跡の技だ。あン、とひと声叫んで、玉藻はその場へ崩れ落ちた。

「貴様」

儀右衛門が鬼のような形相を向けた。そのとき、廊下の前方、行き止まりになっていた部分から、何かひどく懐かしい雰囲気みたいなものが吹きつけてきた。

「しまった⁉」

爺いはみるみる恐怖と絶望の表情になって、千也子の手を離し、

「塞《ふさ》いだつもりが、やはり甘かったか。来るか〈魔界都市〉⁉」

何のこった？　と思いきや、爺いは上衣の下から短刀を抜くと、おれに斬りかかってきた。動きが妙にぎこちない。軽く躱《かわ》して足払いをかけた。爺いめ、とんぼを切って床に落ち、それでも、うーんと呻きつつ、おれに短刀を向けて、何千人もの自分に厳命した。

「もはややむを得ん。殺せえ！」

同じ顔をした爺いと玉藻が何千人も短刀を抜いて、じりじりとおれに迫ってくる。こんなシュールな光景を、おれは見たことがない。刺される前に気が狂いそうだ。

「どうする？」

「あたしにわかるわけないでしょ。母さんに訊いてよ」

「もうイッちまってる」

「この助平」

罵《ののし》られたとき、いきなり世界がゆれた。

行き止まりの壁が崩れ、黒々とした空間が現われた。

おれの眼は、夜気にちりばめられたネオンサインのかがやきに奪われた。行き交う人々と車——あれは〈新宿〉——〈歌舞伎町〉の夜景だ！

そうか、ついに〈魔界都市〉が東北の妖家に牙を剝いたのだ。千也子の部屋は〈新宿〉とつながっていた。だから、儀右衛門は〝塞いだ〟と言い、〝甘かった〟と認めたのだ。

来るか〈魔界都市〉。

来たともさ。

もう一度、ぐらり。

天井も床も柱も傾いた。

「地震よ」

千也子が叫んだ。

「違う――〈魔震〉だ。逃げろ！」

しかし、すでに床はおれたちの眼の前に垂直にそびえ、おれも千也子も玉藻も儀右衛門も、数千人の奴らともどもも、今の今まで存在しなかった〈亀裂〉の内部へ吸いこまれていくのだった。

おしまいだ。さすがのおれも諦めた。せめて千也子だけは。

いきなり髪の毛を摑まれた。

「何しやがる⁉」

顔を上げると、蛇骨婆あが、床から生えるように、つまりおれの頭上に垂直に立って、おれの髪を摑んでいるのだった。

ひょっとして、と右方を見ると、ギリスが同じ格好をして千也子の手を摑んでいた。

下方で凄まじい悲鳴と大地の轟《とどろ》きが上がった。

すぐ下とも、一〇〇メートルも離れているとも思える位置に、巨大な亀裂が生じていた。

玉藻も儀右衛門もおびただしい彼らも、否、水王の家も工場も木立ちも山々も――全てがそこに呑まれていくのだった。

水王が滅びていく。

〈魔震〉の名の下に。

まばたきひとつできないうちに、何もかも暗黒の底に吸いこまれ、気がつくと、おれは見渡す限り平坦な大地の上に、ぽつんと立っていた。

「終わりかよ？」

正直な感想が出た。

「おまえら――どっから？」

「右側の廊下からじゃ」

と蛇骨婆あが答えた。どこか魂が抜けたような声であった。

「わしとギリスはあそこに潜んでいた。あの廊下自体がギリスのからくりじゃったのだ」

おれはギリスの方をふり返った。

「――どうやって、ここへ来た？」

「それがわからねえんだ」

〈新宿〉のからくり師は自分の頭をこづきながら首を傾げた。

「あんたがいなくなってすぐ、おれは一杯飲りにいった。何とかしなきゃ、報酬も貰えねえからな。そこでこの婆さんに会った。これも何となくおかしいが、それから何軒か二人で痛飲した。あんたを探しに行くつもりが、どうしてもその気にならなかった。その辺もおかしい。最後の飲み屋を出てから気がつくと、〈市谷加賀町〉の、この娘の部屋にいた。誰もいなかった。壁に黒い穴が開いていた。そこをくぐったら」

少し呆然と周囲を見廻して、

「この屋敷の門の中にいたんだ。それからの行動も、はっきりおれたちのものじゃなかった。何かに促されるように、その廊下をこしらえ、あんたを待ってたんだ」

おれはうなずいた。何が起きたのか、もうはっきりしていた。

誰も答えない。

「〈新宿〉のしわざか」

返事を期待してはいなかった。

おれは千也子を見つめた。

「これまでのことは何だったんだ、という感じだが、君はおれと一緒に来い」

白い顔が微笑した。

「え？」

「嬉しいな。でも、駄目みたい」

「昔、あの女に刺される前から、あたしは人形なのよ、それをお爺さんに甦らせてもらった。あの女があたしを刺したのは、彼女がいちばん早く作られたモデルだったから。完成品のあたしを憎んだのね。あなたも、わかってたでしょ？」

次の瞬間、娘の身体はから、か、ら、と地上に転がった。手も足も顔もバラバラの人形の部品と化して。

そうだ。おれにもわかっていた。あの狂女の顔を眺めたときに。あれに手を加えれば、千也子の顔になるのだった。

さっき狂女が放った言葉が、はっきりと耳の中で再生された。

「あたしの……くせに……」

と。

「さて、戻るかの」

と蛇骨婆あが言った。

「〈新宿〉では今頃、大変なことになっとるぞ。〈区〉の大物が次々と人形に化けて地面に散らばっとる」

「まだ〈新宿〉とつながってるのか?」

おれの問いに、ギリスが首を横にふった。

「〝通路〟はもう閉じちまった。JRの駅まで歩くしかねえな」

「やれやれ」

おれたちは歩きはじめた。東の空が明けかかっているのが、せめてもの救いだった。

「あれ?」

急に右腕が軽くなった。

からん。

次は左腕だった。

からん。

右足と左足が。

「おい?」

最後に頭が、からん。

呆然と見下ろす二人へ、真相を話す余裕はあった。

「おれはもう、人形にされてたんだ。おまえら、遅かったな」

「安心おし」

蛇骨婆あがおれの頭を拾い上げて、それはやさしくささやいた。

「あんたから銭を貰うまでは、殺しやしない。〈新宿〉で復活させてあげるよ」

「そうそう」

ギリスが手足を集めはじめた。

「おれたちに払うものも払わねえで、安らかに逝かせやしねえぞ」

やれやれ、おれは溜息をついて、まず蛇骨婆あを籠絡する手段を考えはじめた。


〈注〉この作品は月刊「小説NON」誌（祥伝社発行）二〇一一年三月号から七月号までに掲載されたものに、著者が刊行に際し、加筆、修正したものです。

――編集部

あとがき

いつか悪党を書くぞ、と思いながら今日まで来てしまった。

しかし、血も涙もない悪党というと、これは性格的に難しい。どちらかというと私は善人だからである。

せいぜいが、女子供を虐殺《ぎゃくさつ》したのはいいが、深く悩む男——くらいのものだ。これでは悪党とは言えまい。

残虐非道な振舞いをしながら、それを補《おぎな》う魅力のある人物——いわゆる悪党小説《ピカレスク・ロマン》のヒーローとはこういうタイプなのだろうが、それも私の考える悪党とは違う。

従来のヒーローではなく、しかし、ヒーローの枠に収まる奴は何処《どこ》にいる?——これは本来、解答不可能な問いである。

それに挑《いど》んでみようと、ムボーにも私は思った。そして書き上げたのが、本書『幻工師《げんこうし》ギリス』である。

書き上げておいて人道にもとるが、結果はわからない。読者の反応を待つばかりである。そのへん、ひとつよろしく。

ギリスに負けまいと、私も輪ゴムや割り箸《ばし》、ストローとティッシュを使って、自走戦車などをこしらえてみた。

輪ゴムの力で、二個のボビンが回転し、停止と同時にストローにつめた紙玉が射《う》ち出されるという自信のメカである。試作品は中々うまく出来たので、必死に完成品をこしらえ、路上で実験してみたら、何故か女性の通行人にばかり近づき、ヒップを射撃したりするので、即廃棄《はいき》処分となった。なるほど、子供は親に似るものだなあと、しみじみした夏の一日であった。

平成二三年　八月某日
『プレデターズ』（'10）を観ながら

菊地秀行

幻工師ギリス

ノン・ノベル百字書評

キリトリ線

なぜ本書をお買いになりましたか（新聞、雑誌名を記入するか、あるいは○をつけてください）

- □（　　　　　　　　　　）の広告を見て
- □（　　　　　　　　　　）の書評を見て
- □ 知人のすすめで
- □ タイトルに惹かれて
- □ カバーがよかったから
- □ 内容が面白そうだから
- □ 好きな作家だから
- □ 好きな分野の本だから

いつもどんな本を好んで読まれますか（あてはまるものに○をつけてください）

●**小説**　推理　伝奇　アクション　官能　冒険　ユーモア　時代・歴史　恋愛　ホラー　その他（具体的に　　　　　　　）

●**小説以外**　エッセイ　手記　実用書　評伝　ビジネス書　歴史読物　ルポ　その他（具体的に　　　　　　　）

その他この本についてご意見がありましたらお書きください

最近、印象に残った本をお書きください		ノン・ノベルで読みたい作家をお書きください	

1カ月に何冊本を読みますか	冊	1カ月に本代をいくら使いますか	円	よく読む雑誌は何ですか	

住所					
氏名		職業		年齢	

あなたにお願い

この本をお読みになって、どんな感想をお持ちでしょうか。

この「百字書評」とアンケートを私までいただけたらありがたく存じます。個人名を識別できない形で処理したうえで、今後の企画の参考にさせていただくほか、作者に提供することがあります。

あなたの「百字書評」は新聞・雑誌などを通じて紹介させていただくことがあります。その場合はお礼として、特製図書カードを差しあげます。

前ページの原稿用紙（コピーしたものでも構いません）に書評をお書きのうえ、このページを切り取り、左記へお送りください。祥伝社ホームページからも書き込めます。

〒一〇一-八七〇一
東京都千代田区神田神保町三-三
祥伝社
NON NOVEL編集長　保坂智宏
☎〇三（三二六五）二〇八〇
http://www.shodensha.co.jp/

NON NOVEL

「ノン・ノベル」創刊にあたって

「ノン・ブック」が生まれてから二年一カ月、ここに姉妹シリーズ「ノン・ノベル」を世に問います。

「ノン・ブック」は既成の価値に〝否定《ノン》〟を発し、人間の明日をささえる新しい喜びを模索するノンフィクションのシリーズです。

「ノン・ノベル」もまた、小説《フィクション》を通して、新しい価値を探っていきたい。小説の〝おもしろさ〟とは、世の動きにつれてつねに変化し、新しく発見されてゆくものだと思います。

わが「ノン・ノベル」は、この新しい〝おもしろさ〟発見の営みに全力を傾けます。

ぜひ、あなたのご感想、ご批判をお寄せください。

昭和四十八年一月十五日

NON・NOVEL編集部

NON・NOVEL—893

魔界都市ヴィジトゥール　幻工師《げんこうし》ギリス

平成23年9月10日　初版第1刷発行

著者　菊《きく》地《ち》秀《ひで》行《ゆき》

発行者　竹内和芳

発行所　祥《しよう》伝《でん》社《しや》

〒101—8701

東京都千代田区神田神保町 3-3

☎03(3265)2081(販売部)

☎03(3265)2080(編集部)

☎03(3265)3622(業務部)

印刷　堀内印刷

製本　ナショナル製本

ISBN978-4-396-20893-6 C0293

Printed in Japan

祥伝社のホームページ・http://www.shodensha.co.jp/

長編推理小説 十津川警部「故郷」 西村京太郎

長編推理小説 十津川警部「子守唄殺人事件」 西村京太郎

長編推理小説 夜行快速《ムーンライト》えちご殺人事件 西村京太郎

長編推理小説 十津川警部二つの「金印」の謎 西村京太郎

トラベル・ミステリー 十津川班捜査行 湘南《しょうなん》情死行 西村京太郎

長編推理小説 近鉄特急 伊勢志摩ライナーの罠 西村京太郎

トラベル・ミステリー 十津川班捜査行 わが愛 知床《しれとこ》に消えた女 西村京太郎

長編推理小説 十津川警部捜査行 外国人墓地を見て死ね 西村京太郎

トラベル・ミステリー 十津川警部捜査行 宮古《みやこ》行「快速リアス」殺人事件 西村京太郎

長編推理小説 生死を分ける転車台 天竜浜名湖鉄道の殺意 西村京太郎

トラベル・ミステリー 十津川警部捜査行 カシオペアスイートの客 西村京太郎

長編本格推理小説 愛の摩周湖殺人事件 山村美紗

長編冒険推理小説 誘拐山脈 太田蘭三

長編山岳推理小説 奥多摩殺人溪谷 太田蘭三

長編山岳推理小説 殺意の北八ヶ岳 太田蘭三

長編推理小説 闇の検事 太田蘭三

長編推理小説 顔のない刑事〈二十巻刊行中〉 太田蘭三

長編推理小説 摩天崖《まてんがい》 警視庁北多摩署特別出動 太田蘭三

長編本格推理小説 終幕《フィナーレ》のない殺人 内田康夫

長編本格推理小説 志摩《しま》半島殺人事件 内田康夫

長編本格推理小説 金沢《かなざわ》殺人事件 内田康夫

長編本格推理小説 喪《うしな》われた道 内田康夫

長編本格推理小説 鯨の哭《な》く海 内田康夫

長編推理小説 棄霊島《きれいじま》 上下 内田康夫

長編推理小説 還《かえ》らざる道 内田康夫

長編旅情ミステリー 遠州姫街道殺人事件 木谷恭介

長編旅情ミステリー 石見《いわみ》銀山街道殺人事件 木谷恭介

長編推理小説 棟居刑事の 一千万人の完全犯罪 森村誠一

長編本格推理 越前岬《えちぜんみさき》殺人事件 梓林太郎

長編本格推理 薩摩半島 知覧《ちらん》殺人事件 梓林太郎

長編本格推理 天竜川殺人事件 梓林太郎

長編本格推理 釧路川殺人事件 梓林太郎

長編本格推理 立山アルペンルート 黒部川殺人事件　梓林太郎
長編本格推理 笛吹川殺人事件　梓林太郎
長編本格推理 紀の川殺人事件　梓林太郎
長編本格推理 京都 保津川殺人事件　梓林太郎
長編本格推理 緋色の囁《ささや》き　綾辻行人
長編本格推理 暗闇の囁き　綾辻行人
長編本格推理 黄昏《たそがれ》の囁き　綾辻行人
ホラー小説集 眼球綺譚《きたん》　綾辻行人

長編本格推理 一の悲劇　法月綸太郎
長編本格推理 二の悲劇　法月綸太郎
本格推理コレクション しらみつぶしの時計　法月綸太郎
長編本格推理 黒祠《こくし》の島　小野不由美《ふゆみ》
長編本格推理 紫《むらさき》の悲劇　太田忠司
長編本格推理 紅《べに》の悲劇　太田忠司
長編本格推理 藍《あい》の悲劇　太田忠司
長編本格推理 男爵《バロン》最後の事件　太田忠司

長編ミステリー 警視庁幽霊係　天野頌子《しょうこ》
長編ミステリー 恋する死体 警視庁幽霊係　天野頌子
連作ミステリー 少女漫画家が猫を飼う理由《わけ》 警視庁幽霊係　天野頌子
連作ミステリー 紳士のためのエステ入門 警視庁幽霊係　天野頌子
長編ミステリー 警視庁幽霊係と人形の呪い　天野頌子
長編ミステリー 警視庁幽霊係の災難　天野頌子
長編本格推理 扉は閉ざされたまま　石持《いしもち》浅海《あさみ》
長編本格推理 君の望む死に方　石持浅海

長編ミステリー 出られない五人　蒼井《あおい》上鷹《うえたか》
長編ミステリー これから自首します　蒼井上鷹
長編本格歴史推理 金閣寺に密室《ひそかむろ》 とんち探偵一休さん　鯨《くじら》統《とう》一《いち》郎《ろう》
本格時代推理 謎解き道中 とんち探偵一休さん　鯨統一郎
サイコセラピスト探偵 波田煌子シリーズ〈全四巻〉 なみだ研究所へようこそ!　鯨統一郎
長編本格歴史推理 親鸞《しんらん》の不在証明　鯨統一郎
本格歴史推理 空海 七つの奇蹟　鯨統一郎
長編サスペンス 陽気なギャングが地球を回す　伊坂幸太郎

NON NOVEL

長編超伝奇小説 龍の黙示録〈全九巻〉 篠田真由美
長編ハイパー伝奇 呪禁官《じゅきんかん》〈二巻刊行中〉 牧野 修
長編新伝奇小説 ソウルドロップの幽体研究 上遠野《かどの》浩平
長編新伝奇小説 メモリアノイズの流転現象 上遠野浩平
長編新伝奇小説 メイズプリズンの迷宮回帰 上遠野浩平
長編新伝奇小説 トポロシャドゥの喪失証明 上遠野浩平
長編伝奇小説 クリプトマスクの擬死工作 上遠野浩平
長編伝奇小説 アウトギャップの無限試算 上遠野浩平

猫子爵冒険譚シリーズ 血文字GJ《ジー・ジェイ》〈二巻刊行中〉 赤城《あかぎ》 毅《つよし》
長編新伝奇小説 魔大陸の鷹 完全版 赤城 毅
魔大陸の鷹シリーズ 熱沙奇巌城《ねつさきがんじょう》〈全三巻〉 赤城 毅
長編冒険スリラー オフィス・ファントム〈全三巻〉 赤城 毅
長編新伝奇小説 有翼騎士団 完全版 赤城 毅
長編時代伝奇小説 真田三妖伝《さなださんようでん》〈全三巻〉 朝松 健
長編エンターテインメント 麦酒《ビール》アンタッチャブル 山之口《やまのぐち》洋《よう》
長編本格推理 羊の秘《ひ》 霞《かすみ》 流一《りゅういち》

長編ミステリー 警官倶楽部 大倉崇裕
天才・龍之介がゆく!シリーズ〈十二巻刊行中〉 殺意は砂糖の右側に 柄刀《つかとう》 一《はじめ》
長編極道小説 女喰《ぐ》い〈十八巻刊行中〉 広山義慶
長編求道小説 破戒坊《はかいぼう》 広山義慶
長編求道小説 悶絶禅師《もんぜつぜんじ》 広山義慶
長編クライム・サスペンス 嵌《は》められた街 南 英男
長編クライム・サスペンス 理不尽《りふじん》 南 英男
長編ハード・ピカレスク 毒蜜 裏始末 南 英男

ハード・ピカレスク小説 毒蜜 柔肌《やわはだ》の罠 南 英男
エロティック・サスペンス たそがれ不倫探偵物語 小川竜生
情愛小説 大人の性徴期 神崎京介
長編超級《メガ》サスペンス ゼウス ZEUS人類最悪の敵 大石英司
長編ハード・バイオレンス 跡目《あとめ》 伝説の男・九州極道戦争 大下英治
長編冒険ファンタジー 少女大陸 太陽の刃《やいば》、海の夢 柴田よしき
ホラー・アンソロジー 紅《あか》と蒼《あお》の恐怖 菊地秀行他
推理アンソロジー まほろ市の殺人 有栖川有栖他